和歌とは何か

渡部泰明
Yasuaki Watanabe

岩波
119

目次

序　章——和歌は演技している

和歌に感じる距離

爛漫と咲きにおう満開の桜。それがふと、音もなく散り始めた。その時あなたは、きっと次のような和歌に心深く共感を覚えることだろう。

ひさかたの光のどけき春の日にしづ心なく花の散るらむ

日の光ものどかな春の日なのに、どうしてあわてて桜は散るのか。今から千年以上も前の言葉でありながら、まるで今日この時のために用意されたかのようだ、と感じて——右のように言われたら、あなたはどう反応するだろうか。その通り、慌ただしいばかりの現代人の心の奥に、こうした安らぎに満ちた繊細な情感がしまい込まれている。和歌によってその情感が、遠い昔から受け継がれてきた。誇らしいことではないか。そう肯定してくれるだろうか。それとも反対に、古臭い伝統など無用の長物、と切り捨てられてしまうだろうか。肯定してもらえるならば、これから和歌について語ろうとする私は、とても勇気づけられる。しかしまた、きっぱりと否定する態度も、いっそ潔いと思う。迷いなくこの現代を生きているのだろうと、羨ましくさえある。

だがどうだろう、多くの人にとっては、全面的に肯定も否定もしにくいのではないだろうか。「悪いものではないのだろうが、どうもピンと来ない」「格好をつけすぎている気がして、縁遠い感じがする」。私の経験からしても、敬遠、つまり敬して遠ざけるような反応が、実際にはとても多いだろうと思われる。和歌は日本人の生活文化にいまだに逃れがたく関わっているけれども、改めて正面から捉えようとすると、どうもはっきりとした手応えが得られないのだ。伝統が滅びようとしている、ということだろうか。いや、それはおかしい。あとで具体的に見るように、実際に和歌が詠まれていた時代を生きた文化人であっても、皆が皆、和歌に「ピンと来て」いたわけではない。むしろ、和歌を縁遠いと感じる感覚の方が、古い時代においても主流であったといってよい。それなのに和歌は千三百年以上も続いた。「それなのに」なのだろうか。いや、「だからこそ」ではなかろうか。敬意は持っているが、縁遠い。この感覚を、むしろ和歌を持続させた原動力と見ることはできないだろうか。

三十一音の謎

和歌は、五・七・五・七・七音の五句・三十一音からなる、短い詩である。もちろん他の形式の歌もあるが、長い和歌の歴史の中では、微々たる数にすぎない。だからとりあえず、この形式を和歌の代表として扱ってよいだろう。

さて、どうして、和歌は五句・三十一音なのだろう。難しい問題である。五・七・五・七・七音形式に定着した経緯も不思議だが、もっと不思議なのは、この形式が続いてきたことだ。生まれるということだけなら、この世にはおよそ数え切れぬものが生まれてくる。だがその多くは、一回限りのものとして歴史の闇に埋没する。ごく一部のものだけが、複数の人間の支持を受けて生きながらえる。しかし長くはもたない。わずかな痕跡だけを残して、いずれほとんどが消え去る。時代を越えて生き延びるものなど、一握りの中の一握りにすぎない。そして和歌という形式は、日本の歴史を貫くほどの生命力を見せたのである。なぜだろう。和歌には「詠む」人がいて、それを「読む」人がいる。その「読む」人が「詠む」人となって、それをまた「読む」人がいる。そういう営みの連鎖の中で続いてきた。だから続いた原因はきっと、続かせた人の営みの方に求めるべきなのだろう。人が和歌を守り育ててきたのだ。なぜ五句・三十一音か、という問いは、なぜ五句・三十一音を選び続けたか、という問いとして問い直されるべきなのだろう。簡単に言えば、こういうことだ。何のために、何が面白くて、人は和歌を選び続けたのか、と尋ねようと思うのである。

レトリックと「演技」

先ほどの「ひさかたの光のどけき」の歌に戻ってみよう。たとえば最初の「ひさかたの」という言葉からしてつまずきのもととなる。「枕詞《まくらことば》」と呼ばれる、いわゆる和歌に特有の表現技法の一つである。表現技法は「レトリック」(修辞技法)と呼ばれることもあるので、以下和歌的レトリック、もしくはたんにレトリックと呼ぶことにしよう。この枕詞「ひさかたの」は、現代語に置き換えようにも置き換えられない。ただ、「光」という語の前に配置され、その「光」とワンセットになっている。いわば、「光」を引き出す取っ手のような役割を果たすだけである。たった五句・三十一音しかない和歌の一句を、ご丁寧にも消費しながら。これは、いったい何か。枕詞が設置されることで、そこに何が営まれているというのか。

枕詞だけではない。和歌にはこの種のレトリックがたくさんある。序詞《じょことば》・掛詞《かけことば》・縁語《えんご》・本歌《ほんか》取《ど》り等々である。これらが用いられると、いかにも和歌だなあ、という感覚を呼び起こす。これらが和歌を和歌らしくさせてきたのだ。そして、これらがまた、和歌を縁遠く、わからなくさせてもきた。どうしてこんな、無駄としか思えない、持って回った言い方をするのか、と。

先ほど枕詞について、引き出しの取っ手のようだという比喩を用いた。取っ手は、開けるという行為の中で意味を持つ。それ以外では、基本的には邪魔物である。この論理をレトリックに応用してみよう。レトリックは、普段は余計物だが、ある特別な行為とともにある時、意味を発するのではないだろうか、と考えてみるのである。もしそうなら、次には「特別な行為」が問題になるが、私はそれを「儀礼的空間」と呼ぶべき場での行為、つまり儀礼的行為だと捉えてみた。そして、レトリックには、儀礼的空間を呼び起こす働きがあるのではないか、とまとめてみた(本書第Ⅰ部)。

儀礼的空間とは、複数の人間が、ある区切られた場所の中で、何らかのルールや約束事を共有しながら、特定の役割意識に基づいて行動する空間である。冠婚葬祭の儀式はもちろんのこと、宴や行事がそれに当たる。現代でいうならば、会議や芸能・スポーツの行われている空間、あるいは授業中の教室を思い浮かべていただいてもかまわない。そこは、役割意識に満ちた行為、すなわち演技に満たされた空間である。皆で声を揃えたり、祈りを捧げたり、日常生活ではあまりお目にかかれない表現行為が、真摯に現実のものとして営まれる。そういう行為を、いま演技と言った。演技という行為の視点を持ちこむことで、和歌のさまざまな謎をほどいてゆくことが、本書での私の提案なのである。

枕詞などの和歌的レトリックが儀礼的空間を呼び起こすと捉えられるならば、次には、レトリックという限定を取り外して、和歌そのものと儀礼的空間との関係を考えたくなる。そのために、和歌の営みを支えてきた場をいくつか具体的に紹介することとした(本書第Ⅱ部)。具体的には、贈答歌《ぞうとうか》・歌合《うたあわせ》・屏風歌《びょうぶうた》と障子歌《しょうじうた》・人麻呂《ひとまろ》影供《えいぐ》・古今伝授《こきんでんじゅ》を取り上げた。つぶさに見てみるとどれも皆、演技性に満ちた行為によって構成されている。とすればやはり、演技されることによって、和歌は時代を越えて詠み続けられてきたといえるのではないか。

「しゃれにもならぬつまらぬ歌」

それにしても、なぜ演技なのか。和歌とは心を率直に表したものではないのかと、疑問に思う方も多いだろう。

和歌は日本人の心を表す。和歌について、しばしばそのように説明される。しかし、本当にそうなのだろうか。私自身、和歌に表現されている「心」に、その通りだと共感した経験が、どれほどあったろう。落花を哀惜するのはまだしもなのである。ホトトギスの声が聞けて嬉しいとか、恋しい人に逢えたら死んでもいいとか、そうした歌にどれだけリアリティを感じてきただろうか。あらためてそう自分に問いかけてみると、かなり自信がなくなってくる。私たち今の日本人が、伝統を見失ってしまったからだろうか。いや、必ずしもそうではない。鎌倉時代にも室町時代にも江戸時代にも、和歌の「心」は通常の、現実的な心とは違うのだという思いを、さまざまな歌人が吐露している。昔の人にとっても、和歌で表現される「心」は、ときに縁遠くも感じられる、別次元のものであったのだ。だったら、平安時代の人間だって、和歌の心と現実の心は違っていてもおかしくない。その両者の距離を、演技という視点でつなげてみたいのである。

例を挙げよう。『古今和歌集《こきんわかしゅう》』(以下『古今集』。他の歌集も同様の省略形を用いる)の冒頭に置かれている歌は、次のようなものだ。

年の内に春は来にけり一年《ひととせ》を去年《こぞ》とやいはむ今年とやいはむ

(古今集・春上・一・在原元方)

十二月だというのに立春じゃと! さてさて、この一年を去年と呼びましょうかの、それとも今年と呼びましょうかの。

『古今集』といえば、九〇五年に成立した最初の勅撰《ちょくせん》和歌集で、後世までもっとも大きな影響を与え続けた、和歌のバイブルと称してもよい歌集である。その一番初めの歌が、これである。二十四節気でいう立春の日と、暦日でいう正月一日が食い違い、まだ十二月だというのに、立春が来てしまった。それで去年だか今年だかわからなくなった、というのだが、ちょっと言い方が大げさすぎやしないか。「……とやいはむ」と繰り返している所も、くどい感じがする。

明治時代になって短歌革新運動を推進した正岡子規《まさおかしき》は、この歌を「しやれにもならぬつまらぬ歌」(『歌よみに与ふる書』)と罵倒した。自分の新しさを強調するために、伝統的な和歌を否定したいという、彼なりの思惑があっての発言だったのだろうし、また、平安時代の人々の、四季の運行や暦に対する鋭敏な感覚を考慮に入れないものにすぎない。そう頭で理解はしてみるものの、心の片隅には、長く子規の言うことにうなずいている自分がいた。なるほど、そういう面は、たしかにあるよな、と。

この歌は、春が来た喜びを表現している、と説明されるのが普通である。だが、春が喜ばしいならもっとはっきり伝わるように言えばいい、何もこんな持って回った喜び方をしなくてもよいだろう、とまぜ返したくなってくる。おそらく、歌われた内容を、歌っている作者の感情そのものだ、と思うところに行き違いが生まれるのだろう。ではいっそ、和歌に表現された心情は、現実の人の心情とイコールではない、と考えてみたらどうなるだろうか。和歌は人の心を表現するものではない、と言い切るところから始めてみるのである。

では、一首の中に表現されているかに見える「心」は何か。演じられている役どころと見なすのだ。年内に春がやってきた喜びを表現せよ、と求められた作者在原元方《ありわらのもとかた》は、去りゆく年に「去年と呼ぶべきでしょうかな」とうやうやしく挨拶し、次いで来る年を「今年と呼ぶべきでしょうかな」と歓待する身ぶりで招き寄せた。例えばそのように、一差し舞いを舞ってみせ、それをもって春を歓迎する芸としたのだ、とは見られないか。いわば新年をことほぐ、門《かど》づけの芸である。もちろん現実に芸能とともに歌われた歌だというわけではない。身体的な所作をほうふつとさせ、そういう想像とともに味わうとき真価を発揮する表現なのだ、と考えてみたいのである。言葉でする演技、といえばよいだろうか。『古今集』時代の人々は、元方の芸達者ぶりに感心しながら、拍手喝采したのではないだろうか。

将軍実朝の演技

在原元方を和歌の基準にされても困る、と正岡子規なら渋い顔をするだろうか。では、その子規も絶賛した、源実朝《みなもとのさねとも》を取り上げてみよう。代表作の一つとされている、次の歌である。

　箱根の山をうち出でて見れば、波の寄る小島あり。供の者、「この海の名を知るや」と尋ねしかば、「伊豆の海となむ申す」と答へ侍りしを聞きて

箱根路《ぢ》をわれ越え来れば伊豆の海や沖の小島に波の寄る見ゆ　（金槐集・六三九）

　箱根の山を越えて出てみると、波の寄せる小島があった。「この海の名を知っているか」と私が尋ねたところ、「伊豆の海と申します」と、供の者が答えたのを聞いて

箱根路をわれらが越えて来てみると、伊豆の海に出た。その伊豆の海の沖の小島に、白い波がう

ち寄せているのが見えるではないか。

子規の流れを汲む斎藤茂吉が「絶唱」と褒めちぎり(『新撰金槐集私鈔《きんかいしゅうししょう》』)、小林秀雄が「寂しい歌」と深読みを誘われた(『無常といふ事』)こともあって、とても有名な歌である。彼らに従えば、この歌など演技のかけらもない、真情の結晶ということになろう。けれどそうであろうか。和歌の前に置かれた、事情説明の文である詞書《ことばがき》をよく読んでみよう。実朝は、箱根の山の峠を越えたところで、沖に波の寄る小島を発見した。海を発見したのではない、すでに小島に視線が注がれているのだ。おかしいではないか。それなら、小島の名を尋ねるものだろう。しかし彼は、供の者に「この海の名を知っているか」と下問した。わざわざ直接話法で記すほどの質問とも思えないし、そもそも、箱根から南下してきて、やっと目の前に開けてきた海の名がわからないというのも信じがたい。この旅は、将軍以下が勢ぞろいして箱根権現と伊豆山権現に参詣する、鎌倉幕府の重要な宗教儀礼である「二所詣《にしょもう》で」に違いないのであって、つまり伊豆は目的地にほかならない。

それなのにどうしてこのような書き方がしてあるのだろうか。その答えは、和歌中の「伊豆の海や」にあるのだろう。見逃されがちだが、「伊豆」は「出づ」の掛詞になっている。箱根路を越えて来て伊豆の海に出た、ということなのである。そうか、箱根路を「いづる」ところで見えるから伊豆の海なのだな、と、将軍は家来の言葉に当意即妙に応じてみせた、ということなのだ。そういえば詞書冒頭で「箱根の山をうち出でて」と、ちゃんと伏線も張ってあったではないか。この歌と詞書には、打てば響くように心を通じ合わせる、主君と家臣とのやりとりが示されているのだ。そう考えれば、堂々たる将軍であろうとした、青年実朝の心意気が見えるようである。「われ」とあるのは、きっと実朝個人ではないのだろう。ここには鎌倉幕府一行を代表しようという実朝の思いが込められている。実質的には「われわれ」と読み込むべき「われ」なのであろう。沖の小島に絞り込まれた視線も、実朝個人の孤独な凝視を表すのではなくて、幕府の人々の視線を集約しようとしたものなのだろう。「皆の者、見るがよい」と指さすがごとくの。つまり、一首は、和歌と詞書とがセットになって、実朝の「将軍の演技」を表しているのであり、そうであることによって、青年将軍の気概を読むべき歌になっていると思う。

万葉のラブ・シーン

では、斎藤茂吉も理想とした、素朴・雄渾《ゆうこん》を謳《うた》われる古代の歌集『万葉集』なら、演技などとは無縁だろうか。いや、そんなことはない。

天皇、蒲生野《かまふの》に遊猟《みかり》する時に、額田王の作る歌

あかねさす紫野行《むらさきのゆ》き標野《しめの》行き野守《のもり》は見ずや君が袖《そで》振る　（万葉集・巻一・雑歌・二〇）

天智天皇が、蒲生野で薬狩《くすりがり》をした時に、額田王が作った歌
ムラサキを採る野を行きながら、ご料地を行きながら、あなた、番人が見るじゃありませんか、そんなに袖を振ったりして。

皇太子《ひつぎのみこ》の答ふる御歌　明日香宮《あすかのみや》に天の下治めたまふ天皇、諡《おくりな》を天武《てんむ》天皇といふ

紫のにほへる妹《いも》を憎くあらば人妻ゆゑに我《あれ》恋ひめやも　（同・二一）

大海人皇子が答えた御歌（明日香の宮の天皇で、諡を天武天皇という）
紫草のように美しいあなたをもし嫌いなのだったら、人妻だというのにこんなに好きになったりするものか。

『万葉集』の初期を代表する歌人、額田王《ぬかたのおおきみ》と大海人皇子《おおあまのみこ》の、著名なやりとりである。一見すると、「人妻」である額田王に恋する気持ちを抑えがたい大海人皇子（後の天武天皇）と、それを

いさめようとする額田王、という不倫の恋のやりとりに見える。しかしそれだと理屈に合わない。恋歌なら「相聞《そうもん》」という部立《ぶだて》(分類)に入っているはずなのに、これは、「雑歌《ぞうか》」に入っている。「雑歌」という部立は、『万葉集』では公的な歌が多く集められているところなのだ。そもそも、天皇の「妻」に皇太子が恋をしかけるような、危険きわまりない歌が、堂々と残されていることからして、不審きわまりない。そこでこの歌については、遊猟という公的行事の宴席の場の座興として、あたかも恋人どうしであるかのようにして二人が演じた歌だ、という意見が有力である。天智天皇の宮廷の重要人物である二人の、さしずめ息のぴったり合ったラブ・シーンの共演とでも言えようか、さぞかし宮廷人たちも、興奮を抑えがたかったことであろう。

「サラダ記念日」の「嘘」

特殊な歌ばかりを取り上げて演技などと言われても疑問だ、和歌は詩であり、詩は真情を吐露するものだろう、演技とは現実とは違う虚構の行為であって、お前は和歌を嘘の産物だと言うのか、と叱られるだろうか。だが、多くの物語や小説と同様、和歌においても虚構と真実とは同居が可能である。むしろ、事実を詠んでいると見なされることの多い現代短歌で考えてみよう。

「この味がいいね」と君が言ったから七月六日はサラダ記念日

戦後短歌で空前の大ヒットとなった歌集『サラダ記念日』の、タイトルの由来となった短歌である。この著名な一首に対し、作者俵万智《たわらまち》氏自身が、『短歌をよむ』という本の中で、その制作過程の内幕を明かしている。俵氏によれば、歌われている内容に類似する経験は確かにあった、しかし、褒められた料理はカレー味のから揚げであり、その日は「七月六日」でもなかった、と言うのだ。事実に即した初案の「カレー味のから揚げ」「六月七日」では、言葉としての意味や音調がどうしても重い。重いと、あの時自分が感じた思いが正しく伝わらない。だから推敲して今のように変えた、ということのようだ。真実を表すためには、かえって嘘をつかなくてはならない、と言えばよかろうか。作者は、男性にサラダを食べさせる女性を演じることで、自分の体験を正しく取り戻したのである。

なぜ和歌には「敬語」がないか

それでもまだ、自分に都合のいい例だけ持ち出しているのではないかと、演技という視点に納得しない読者もおられるだろう。そこでもう一つ、和歌には原則として敬語が用いられない、という事実を挙げておこう。敬語がなければ一歩も進まないような古典日本語の文章の中で、しかもその日本語の枠とも呼ばれる和歌に、敬語が稀にしか用いられない。考えてみれば大変不思議なことだ。『万葉集』の、とくに長歌の中には数多くある。ところが、平安時代以降は、きわめて限られた場面にしか用いられない。天皇や皇后に直接訴えかける和歌の中においてさえ、敬語は存在しない。和歌の言葉が、現実の生活語とは基本的に違う次元の言葉であり、現実の身分などを超越した、特別な役割を背負った言葉だと認められていない限り、コミュニケーションの言語でありながら敬語を用いない、などという異常なことが許されるはずがない。「特別な役割」にのっとり、期待に応えるようにして発せられる言葉こそ、演技している言葉と呼んでよいだろう。

「わしにはわかっておったのじゃ」という言葉を聞けば、誰でも老人(とくに老博士)がしゃべっていると理解する。しかし方言はさておいて、実際に老博士がこういう言葉を吐くわけではない。現実とは別次元の言葉であって、あくまで、老人の発話であることを指し示す、記号としての言葉だ。金水敏《きんすいさとし》氏は、この種の言葉を「役割語」と命名して、そこに演技的な性格を認める(『ヴァーチャル日本語 役割語の謎』)。そして、和歌などは典型的な役割語である、とも言う。「そうじゃ、拙者が存じておる」(侍)などという言い方と和歌とを同一のレベルのものだと誤解されることは断じて避けたいが、演技的な性格を持つという点ではたしかに共通するといってよいだろう。

ちなみに、物には例外というものがあり、稀に敬語を用いた和歌も存在する。

時により過《す》ぐれば民の嘆きなり八大竜王《はちだいりゆうわう》雨やめたまへ　（金槐集・六一九）

時節に応じての事とはいっても、行きすぎると民の嘆きのもととなります。八大竜王よ、どうぞ雨をおやめください。

これは、洪水に際して、雨をつかさどる神である八大竜王に祈願した、源実朝の歌である。ただし、この歌同様和歌中の敬語は、神仏への祈願などといったきわめて特殊な相手に訴えかける場合に限られる。だから逆に、人間相手には敬語を用いないのが普通である、という事実が際立ってくるのである。

「演技する言葉」の魅力

本書でいう演技は、言い換えれば、本当の気持ちを探し求める営みのことである。そして本当の気持ちを、間違いなく自分のものだと引き受けようとする努力のことでもある。その上で、和歌は言葉による演技である、と考えたい。そういう見方をする最大の利点は、歌の内容だけに閉じこめられる息苦しさから解放されることである。桜が散るのが悲しい、秋の夕暮が侘しい、恋人の心変わりが恨めしい、そういう和歌が、いったいこれまで何十万首詠まれてきたことか。目新しさなど、とっくになくなっている。しかし、それぞれの演じ方が違うはずだ、と見直してみると、私たちは意外と新鮮に、その演技を味わうことができる。演じることは、今ここで行われる出来事だからである。演じ方に注目することで、読みどころの幅もずっと広がることであろう。技巧的だ、ということで歌を貶《おとし》めることもない。役者の演じる悲しみに同調して涙を流しつつ、同時に、ああこの役者も腕をあげたものだと、その技量に感心することだって、私たちはできるではないか。演技などという視点を持ち出したのは、ほかでもない、和歌の言葉を、生き生きと躍動するものとして理解したいからなのである。歌の言葉が出来あがってくる現場に即して、少しでも魅力的に味わいたいからにほかならない。

実は、和歌を演技という視点から分析するのは、本書が初めてというわけではない。尼ヶ崎彬《あきら》氏の『日本のレトリック』は、その名も「演技する言葉」という副題を持ち、とくに和歌的レトリックについて、演技という視点で美学的な見地から鋭い分析を行っている。本書は、国文学の立場から、具体的な作品分析に基づきながら、文学史的展望を見通すとどうなるか、自分なりの見解を披瀝したつもりである。そして、伝統というものを考えなおすきっかけとしてみたかった。

伝統は生まれ続ける

伝統というものは、土蔵に骨董品があるように、「ある」ものではないのだろう。もちろん、もっと精神的なものには違いないが、かといって精神的というだけでは、まだ足りない。抱き、いつくしみ、ある時には突き当たり、放り投げもする。いずれにしても身をもって組み止める人の営みがなければ、伝統は容易に本来の姿を表さないだろう。伝統は営みに支えられている。いや、営みに宿っている。そもそも、行為がなければ、いかなる価値も生まれはしないのだ。価値とは、人が生きることの中で、生きることとともにあるのだから。

文化は人に背負われて届けられる。いとおしみ、格闘する身ぶりに感染しながら、人は価値ある存在を受け取り、同じような身ぶりとともに、次代へとそれを受け渡してゆく。そこに、伝統が生まれる。伝統とは無数の営みの連鎖のことだ。和歌はたしかに千三百年以上前から続いてきたが、それはただ続いてきたというだけではない。現実には縁遠いものだったかもしれない和歌の心を、自分の本当の気持ちであると引き受ける営みの中で生き続けてきた。その営みの重みと質感をしっかりと感じ取りたい。だから、演技という視点を据えることになった。

右のような意図もあって、本書では和歌の具体例を挙げるよう心がけた。ただ列挙するだけでなく、できるだけ内容を味わうことをも重視した。また、同様の理由から、例歌には現代語訳を付けることを原則とした。その際、歌の情感を理解してもらうことを主眼として、必ずしも逐語訳的な正確さにはこだわらなかった。古文の試験で本書の現代語訳をそのまま書くと減点されかねないので、注意されたい。高等学校の国語教科書の編集などにも関わる身としては、少々気が咎めるのだが、しかし言い分もないではない。和歌は洗練を極めた古典語を用いた韻文なのだから、現代語の、しかも散文に訳してしまえば、もう二重の意味で和歌とは別の物になってしまう。むしろ、訳されたものが和歌だという誤解を避けるためにも、現代人の心に届きやすい言い方を優先したほうがよいだろう、と思ったのだ。現代語訳はあくまで理解のきっかけであって、およその内容をつかんだ後は、和歌の言葉そのものを、できれば舌の上で、無理ならば心の中でもよいから、ゆっくりと転がしながら直接に味わってほしい。その時にどんな風景が開けてくるのか。それこそ、本書で書き表したかったことだ。

繰り返しになるが、演技という視点はあくまでも仮のものにすぎない。和歌とはどういうものか、現代を生きる私たちにもストンと腑に落ちる形で理解したいだけである。それは、和歌なんてものがどうして長く続いたのだろう、これはいったい何なのだろうと、素朴に疑問に思っていた、十代のころの自分に答えてやりたい、という私の願いでもある。たしかに不思議なことだ、それならこう考えてみたらどうだろう、と。

I

和歌のレトリック

第Ⅰ部では、まず和歌のレトリックについて説明したい。修辞技法とも呼ばれるもので、具体的には、枕詞・序詞・掛詞・縁語・本歌取りといった、和歌独特の言い回しや決まりごとについて扱う。和歌がよくわからない、縁遠いという人の多くが、これらでつまずいているからである。

和歌のレトリックそのものは難しくても、レトリックをやっかいに感じる理由はそれほど難しくない。どうしてこうしたものが用いられるのか、その理由がわからないからである。ではなぜわからないかといえば、おそらく現在私たちが日常的に何かを表現しようとする時の言葉の用い方と、決定的に違う面があるからである。

今あなたの中に何かの思いがあふれ、それを誰かにわかってもらいたいと思い、言葉で表現しようとしたとする。その時あなたはどうするだろうか。もちろんあなたは、その思いを「再現」しようとして、そのためにできるだけ適切な言葉を選ぼうとするだろう。その思いを表すのにふさわしい概念、感情、感覚、イメージの言葉を捜し出し、それらの言葉に置換しようとするだろう。一般に発言はできるだけ短い方が記憶にとどまりやすく、また効率的でもあるので、厳選した言葉を使おうとするだろう。和歌という短詩型文学は、いかにもそうした要求に即したもののように思われる。ところが、和歌のレトリックたるや、表したい思いに対して、ちっとも適切にも効率的にも見えないのである。枕詞や序詞は、意味の伝達という観点からは、むしろない方がすっきりする、といいたいくらいの余計物である。掛詞や縁語は、ただ言葉の上の一致や関連性にすがっているだけで、けっして内的な必然性によるものではない。本歌取りときたら、ほとんど模倣にすぎないではないか——。なぜこのような、持って回った表現方法が必要とされるのか？　こうした、私自身感じていた疑問に、答えてみたいと思う。

どうやら和歌とは、わが思いを、それと等価な意味・イメージの言葉に置換して表現する、という表現観では説明しきれぬものであるらしい。つまり、重要なのは「意味」「内容」だけではないということだ。和歌の言葉には、意味やイメージの世界に閉じこもらず、直接に人々のいる現実の世界に働きかける面がある。

働きかける力の源泉は言葉の「音」にある。言葉の音であるから、正しくは「声」である。その声が合わせられる。するとそこに儀礼的な空間が生み出される。試しに、誰かと、どんな言葉でもいいから、声を合わせて口に出してみるとよい。たちどころに日常とは異なる空間が出現することに驚くだろう。そして声を合わせている行為が、何かを演じているように思えてならなくなるだろう。和歌のレトリックとは、実際に声を出さなくても、言葉でそれを可能にする装置なのである。

第一章　枕　詞——違和感を生み出す声

音としての枕詞

手始めに、次の『万葉集』の歌から、枕詞を抜き出してみよう。

あまざかる　鄙《ひな》の長道《ながぢ》ゆ　恋ひ来れば　明石の門《と》より　大和島《やまとしま》見ゆ

（万葉集・巻三・二五五・柿本人麻呂）

アマザカル田舎からの旅路を恋い慕ってやって来ると、明石の海峡から大和の山々が見えるよ。

そう、初句の「あまざかる」が枕詞である。このように枕詞は、

①　主として五音で（四音の場合もある）

②　実質的な意味はなく（対応する現代語訳がないことに注意）

③　常に特定の語を修飾する（「あまざかる」は、「鄙」を修飾）

と説明される。さて、いきなりわからないことだらけだ。①どうして五音なのか。四音なら許

されるらしいが、ではそれ以外はだめなのか？ ③なぜ特定の語だけを修飾するのか。修飾語というのは、さまざまな語を形容するものではないのか？ たしかに不思議だ。しかしもっと不思議なのは、②にあるごとく「実質的な意味がない」ものが、どうして大きな顔をして用いられるのか、ということである。

それらを実感してもらうために、もう一問クイズを解いてもらいたい。次のA群の1〜3の歌からは、枕詞が取り除いてある。それを後のB群から選んで、正しい箇所に当てはめ、歌を完成させてほしい。すべて『万葉集』中の歌である。

A
1 居明《ゐあ》かして　君をば待たむ　我が黒髪に　霜は降るとも　（巻二・八九・古歌集）
一晩中あなたをお待ちしましょう。私の黒髪に霜が降っても。

2 山のしづくに　妹《いも》待つと　我《われ》立ち濡れぬ　山のしづくに　（巻二・一〇七・大津皇子）
山の雫に、あなたを待って、私は立ちつくしたままびっしょり。そう、山の雫に。

3 沖辺《へ》は漕がじ　枕のあたり　忘れかねつも　（巻一・七二・藤原宇合《うまかい》）
沖のあたりに漕ぎ出すのはよそう。枕もとにいた人が忘れられないのだよ。

B しきたへの　玉藻《たまも》刈《か》る　あしひきの　ぬばたまの

まず確認してほしいのは、枕詞がなくても現代語訳を考える上では、まったく困ることがないことである。むしろ意味との対応がすっきりしてわかりやすいくらいだろう。そこに枕詞が放りこまれるとどうなるか。できれば声に出して読みあげてみていただきたい。

居明かして君をば待たむ　ぬばたまの我が黒髪に　霜は降るとも
あしひきの山のしづくに　妹待つと我立ち濡れぬ　山のしづくに
玉藻刈る沖辺は漕がじ　しきたへの枕のあたり　忘れかねつも

五・七・五・七・七音という音調が完成するのは当然だが、その上で、とくに五音・七音というまとまりがワンセットとなって山場を生み出す感じがつかめるだろうか。そして、枕詞の句の次に来る七音句が強調され、ぐっとせり出して来るように感じられるだろう。声に出すことによって気づかされるのは、枕詞とは、五音・七音というまとまりによって音調の山場を作り出し、その中で、次にくる言葉をうやうやしく引き出し、前面に押し出す働きをする、ということである。こういう実感はとても大切だ。ここを出発点としよう。

「違和感」の力

さて、先に示した定義で、「修飾する」という語を用いたが、枕詞と、一般にいう修飾語とは、大事な点が異なっている。特定の語しか修飾しないというのがまずそれだが、これは一般の修飾語の中にも見られないことはない。決定的に違う点はこうである。修飾語はそれを含む文脈の中に位置付けられ、他の語との関係を生み出しながら、その文脈の中で定着していく。一方枕詞は、文脈の中に溶け込まない。いつまでも違和感を生み出し、孤立し続ける。例えば、

うつせみの人目を繁《しげ》み石橋の間近《まぢか》き君に恋ひわたるかも

(万葉集・巻四・五九七・笠女郎)

世間の人目をはばかって、イシバシノ間近にいるあなたに、逢えなくて恋い慕うばかり。

のうち、枕詞はどれだろうか。「うつせみの」だと思ったなら、あなたは詳しい人だ。確かに「うつせみの」は、「世」「人」などにかかる枕詞である。ただこの「うつせみの人目を繁み」の「うつせみの」は、「世間の人の(人目)」という意味を持っていて、一首の文脈の中で生かされている、と見ることもできる。それゆえ、これを枕詞とはしないという説もあるくらいである。それよりむしろ、第三句の「石橋の」の方がまぎれもない枕詞である。おや、変だ、と

思うだろうか。枕詞は「実質的な意味がない」のではなかったろうか。「石橋」はいわゆる飛び石のことであって、きちんと意味がある。そしてその間隔が短いことから、「間近し」の枕詞となっている。石橋は、それ自体としては意味のはっきりした言葉だが、一首全体の趣意とはまったく関係なく、ただ「間近き」を導き出すだけに機能していて、やはり孤立的である。この点こそが、枕詞だと認定する最大の根拠である。

枕詞の意味が多くの場合わからなくなっているというのも、一つにはこの孤立性が原因となっている。文脈の中で、つまり他の語との相互の関係の中で意味が定着しているなら、逆にその関係を手掛かりにして意味を推定することもできる。孤立していれば、手掛かりがない、ということになる。一首の和歌の中の文脈に包み込まれることもなく、溶け込むこともない、そういう違和感を発揮し続ける言葉、それが枕詞である。意味のまとまりや流れとは別個に発現してくる力、おそらくそこに枕詞を枕詞たらしめている生命がある。文脈をテープに模して、今これを図示してみる。

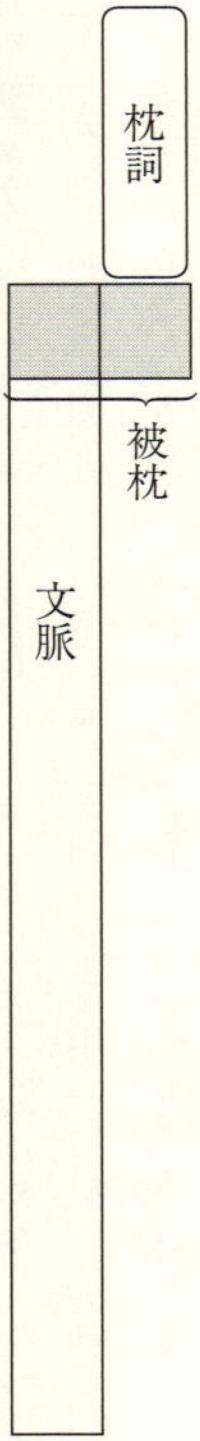

図1

枕詞で導き出される言葉を、「被枕《ひまくら》」と呼ぶ。枕詞から被枕への流れと、被枕以降の意味の流れ(文脈)とが、完全にずれている。そして、被枕のところで、その二つの流れが重なり合っている。そのことに注意しておきたい。ちなみに、本書では「文脈」の語を、主語・述語を含んで成っている一文——日本語だから主語は省略されることが多いが——に準じるような、和歌の中での意味のまとまりを指すものとして用いている。

枕詞のたくらみ

つまり、枕詞とは、文脈から孤立した、不思議で不可解なものとしてあり続ける言葉だ、と規定できることになる。さて、この不可解さは、どう解釈したらよいだろうか。いやいや、今の私たちにとって不可解であっても、かつてはそれが自然であったかもしれない。現在の感覚を、安易に古代人に当てはめてはならない——たしかにそうであり、こういう謙虚さはとても大事なことだ。現代の人間には簡単には了解できない、古代人の感覚や想像力が存在したかもしれないことを、私たちは肝に銘じなければならないだろう。一方、古代人は現代人の想像もつかない心を持っていたとロマンをかきたてられることも、私たちの陥りやすい思考法である。古代人は原始人ではないし——原始人に現代とまったく異なる心性を想像するのも誤謬であろうが——、ましてや宇宙人ではない。少なくとも、古代人は純粋無垢で、意図的・人工的な工夫を表現に凝らすことはない、と決めつけることが誤りであることは、明らかであろう。むしろ、これまでの研究史は、『万葉集』の歌の表現に、相当に繊細な、ハイレベルの表現意識が見られることを教えてくれる。だとすれば、枕詞も、すべてがそうだ、とは言えないにしても、その多くがかなり意識的な方法のもとに用いられている、と見てもよいだろう。枕詞が歌の中で発揮する違和感、つまり不可解さは、そうなるように意図的に配置されている、と考えておきたい。

人為的でありながら不可解としか言えないものが現れた時、人は、なぜなのか、どういう経緯でそうなったのか、と考えるだろう。由来やいわれを尋ねるだろう。明確な答えが与えられるまで、その問いかけは終わらない。答えがなければその気持ちはいつまでも残る。つまり、何かゆかしい由来やいわれがあるのではないか、という気分が常に呼び起こされて、その気分を、次に登場する言葉(被枕)に託していくことになる。枕詞を用いる意図は、まさにそこにあるのではないだろうか。

威力を持つ言葉

さて、では由来やいわれを問う、枕詞のかもし出す気分とは、具体的にどういうものだろうか。その根源的なものが、神の託宣の言葉に出てくる、固有名詞を修飾する枕詞に見られることは、おおむね認められているようだ。

神風《かむかぜ》の伊勢の国の、百伝《ももづた》ふ度逢県の、さく鈴五十鈴宮にます神、名は撞賢木厳之御魂《つきさかきいつのみたま》
あまざかる向津媛命なり

私は、カムカゼノ伊勢の国の、モモヅタフ度逢県《わたらいのあがた》の、サクスズ五十鈴宮《いすずのみや》にいらっしゃる神であり、名は撞賢木厳之御魂アマザカル向津媛命《むかつひめのみこと》である。

『日本書紀』の神功《じんぐう》皇后の条に記されている、神が自分の正体を語った託宣の言葉である。ここに見られる枕詞のうち最初の三つは、伊勢・度逢・五十鈴を修飾している。すべて地名である。また「あまざかる」は「向津媛命」(天照大神の荒魂《あらみたま》)という神名にかかっている。これらは、伊勢太神宮《だいじんぐう》に関わる尊い地名や神の名を褒め称える言葉と見てよいだろう。神の言葉であって、かつ尊ぶべきものに冠せられる言葉であったことになる。神の語る言葉として表現されるということは、おそらく現実には宗教儀礼の中で用いられた、ということなのだろう。それがやがて、荘重さを喚起する表現としてさまざまに応用されていった、と思われる。これらの枕詞は神の現れる場を再現するがごとき、荘厳な雰囲気を演出する言葉なのである。

そのほか、

八《や》雲立《くもた》つ出雲八重《やへ》垣《がき》つまごめに八重垣作るその八重垣を

（日本書紀、古事記、古今集仮名序）

ヤクモタツ出雲《いずも》の国の幾重にも垣根をめぐらした家。新妻を大事に据えておくため、立派な垣根の家を作った。立派な垣根の家を。

こもりくの泊瀬の山のやまのまにいさよふ雲は妹にかもあらむ

（万葉集・巻三・四二八・柿本人麻呂）

コモリクノ泊瀬山《はつせやま》の山あいにたゆたっている雲は、もしやあの娘なのではないかしら。

など、地名にかかる枕詞は多い。これらはいずれも、その地名を、すなわちその土地そのものを褒め称える言葉として機能している。

さて、枕詞は、固有名詞ばかりではなく、普通名詞をも修飾する。

ちはやぶる　神　ひさかたの　天(日・月・光)　あかねさす　日(昼・紫)

あしひきの　山　　ぬばたまの　黒(夜)　　あらたまの　年
たまきはる　内(命)　　たらちねの　母

むささびは木末《こぬれ》求《もと》むとあしひきの山のさつをにあひにけるかも
（万葉集・巻三・二六七・志貴皇子《しきのみこ》）

むささびは梢を駆け昇ろうとして、アシヒキノ山の猟師に見つかってしまったのだ。

たらちねの母が手離れかくばかりすべなきことはいまだせなくに
（万葉集・巻一一・二三六八・柿本人麻呂歌集）

タラチネノお母さんの手を離れ、自分ひとりで、こんなに切ない想いなんかしたことがないのに。

などは、比較的知られた例だろう。むしろ枕詞と聞いて一般に想起されるのは、この種のものの方かもしれない。こうした枕詞は、それぞれの対象に対する特別な思いがあって用いられていると思われる。「神」はいうまでもなく、「天」や「日」は、それそのものが信仰の対象で、称え尊ぶ言葉で飾るのにふさわしい。「山」も、神の宿る場所。一方、「黒」や「夜」は闇を連想させ、人に怖れを抱かせる。そうした恐怖をしずめる、力に満ちた言葉が必要となって、枕詞が使われる。「年」(とし)とはそもそも「みのり」の意味である。人の生命にかかわるもので、信仰とも深く関係する。生命力を感じさせるという点では、「内」「母」も同様に考えることができよう。枕詞は、崇めたり、怖れたり、憧れたりする対象の登場を促す言葉ということができるだろう。もう少し正確にいえば、これから現れ出る言葉(被枕)が、畏怖・崇敬の対象にほかならないという予感を、その場に満ちあふれさせる言葉である。

次に、動詞などの用言を修飾する枕詞を見てみよう。

ま草刈る荒野《あらの》にはあれどももみち葉の過ぎにし君が形見とそ来《こ》し

(万葉集・巻一・四七・柿本人麻呂)

マクサカル荒野ではあるけれど、モミチバノ亡くなられた皇子の形見だと思ってやってきたのです。

かくばかり恋しくしあらばまそ鏡見ぬ日時《とき》なくあらましものを

(万葉集・巻一九・四二二一・大伴坂上郎女《さかのうえのいらつめ》)

こんなに恋しくなるのだったら、マソカガミ会わない日はない、というぐらいでいればよかった。

「もみち葉の」「まそ鏡」どちらの枕詞も、それだけでも意味がわかるものであることに気づくだろう。用言を修飾する枕詞は、意味やかかり方の明確なものが多いのである。用言を修飾する枕詞は、その用言のたとえとなっているような比喩的な性格が見られ、しかも必ず特定の言葉を導くというような固定的な性格は薄く、一回限りの使用しか見られないものも多い。枕詞の応用編といったらよいのであろうか、最初に挙げた枕詞の定義とはずいぶん異なっている。しかし、枕詞のもっとも本質的な特徴として見てきた、文脈の中に溶け込まず孤立しているという性格は、やはり共通している。意味の流れにけっしてなじまない言葉が、その異物感とでもいうべき存在感を利用して、すぐ次に登場する言葉のいわくありげな予告となっていることは、変わらないのである。

思い切って卑近な比喩を用いよう。枕詞を今の時代に実感するとすれば、相撲の呼び出しや格闘技のリング・球場における選手の紹介、あるいはプレイヤーの登場の音楽などを想起すればよいかもしれない。いずれも、独特な節回しやかき立てるようなメロディによって、その場をヒーロー登場の期待感で満たすのである。もちろんこれは、実感してもらうためだけのたとえであるが。

呼び起こすための呪文

ここで最初に出発点としてもらうことを勧めた、「声に出した時」の実感に立ち戻ってみたい。

長歌、という歌の形式がある。五音・七音の一組を任意の回数繰り返し、最後に五・七・七音を加えてできあがる（五・七・五・七・……五・七・七）。短歌形式は、この「五・七」を繰り返さなかった形式にほかならない。だから、古代の歌の、その中でも古い歌は、主として五・七調である。古代以降は、第三句で切れる七・五調が主流となり、私たちはその七・五調の方に調子のよさを感じるので、注意を要する。そして、五・七調では、五音と七音がワンセットで一つのまとまりと意識される。つまり五音・七音で一単位となって、韻律を構成する。それによって、いかにも歌らしい、という感じをかもし出すことになる。枕詞は、その五音の部分に配当され、七音の部分を呼び起こすようにして、その韻律の単位を生み出してゆく。リズム感を伴って次へと進行させる、歌(song)としての和歌の重要な部分を担っているわけである。だから枕詞は、五音なのだ。

音として認識される枕詞の特徴がもたらすものは、それだけではない。枕詞は声に出して唱えられる。そしてその後から、ある特定の語がおもむろに出現する。こういうものを何と言ったらよいだろうか。そう、呪文である。つまり枕詞という呪文によって、あるものが呼び出された、という形になるのである。あたかもまじないの言葉のように、それが唱えられるや、期待された物事が実現する。そういう構造になっているわけである。呪文やまじないの言葉は、おおむね声に出して唱えられるものであり、その多くは意味不明な言葉であって、唱えられた後に、期待されている物事が不可思議にも現実となる。たしかによく似ている。

ただし、枕詞すなわち呪文だ、と決めつけるのは、少々短絡的である。正確にいえば、枕詞は呪文を装っている、というべきである。枕詞だけで何かの力を持つというよりは、五音・七音を基本としたリズムの中にはめ込まれて、はじめて呪文らしさが浮かび上がるのだから。「神」や「母」など、枕詞が導きだす言葉も、最初から畏敬すべき物事としてあるというよりは、そういう全体的な形の中で、ああ、きっと畏れ敬うべき存在なのだと、その場にいる人々にあらためて実感される、という仕掛けになっているのである。枕詞もそれが導く言葉(被枕)も、単独で何か不可思議な力を持つとはいいがたい。歌という形になり、読みあげられる構えを取ることによって、そこに呪文を唱えるにふさわしい、儀式的あるいは儀礼的な空間、広い意味で演劇的な空間が、言葉の世界に付随して立ち現れ、その中で言葉も新たな力を獲得するのである。

枕詞は、呼び出す声を装い、呪文を装う言葉であり、いわれや由来を求める気分を喚起して、そこに儀礼的空間を呼び起こす言葉である、とまとめておきたい。そうなると、「空間」を呼び起こす力は枕詞だけのものなのか、他の和歌のレトリックにはそういう働きはないのか、と気になってこないだろうか。この章が、本書の「枕詞」となって、そういう期待感を高めるのに役立ってくれれば嬉しいのだが。ともあれ次章以下、他のレトリックを順に見ていくことにしよう。

第二章　序　詞——共同の記憶を作り出す

懐かしさをかもし出す表現

ある時、序詞とはどういうものかと教室で尋ねて、こういう答えに出会ったことがある。「枕詞の長いやつで、でも一回一回違うもの」と。ずいぶん幼い言い方だが、でも幼さに目をつぶれば、序詞の重要な特徴はしっかりつかんでいる。序詞は、たしかにある語句を呼び起こすような働きをする修飾句という機能の点で枕詞とよく似ている。しかし枕詞よりもっと長く(二句以上もしくは七音以上)、しかもつながり方が固定的ではなくて、使用されるその都度、新しい表現が工夫される点が異なっている。

A　時鳥《ほととぎす》鳴くや五月《さつき》のあやめ草あやめも知らぬ恋もするかな
(古今集・恋一・四六九・読人《よみびと》知らず)

ホトトギス、鳴くのは五月、五月はあやめ〔菖蒲〕、あやめ〔条理〕もわからぬ恋をした。

B　夏の野の茂みに咲ける姫百合の知らえぬ恋は苦しきものそ
（万葉集・巻八・一五〇〇・大伴坂上郎女）

夏の野の茂みにひっそりと咲いている姫百合は誰にも知られず、人知れぬ恋は苦しいものです。

C　海《わた》の底沖《おき》つ白浪たつた山いつか越えなむ妹があたり見む
（万葉集・巻一・八三・作者未詳）

ワタノソコ沖の白浪がざんぶと立つ、竜田山をいつ越えて行けるだろうか。妻の家のあたりが見たいのだ。

すべて序詞を用いた歌。序詞に該当するのは歌の前半部分の、A「時鳥鳴くや五月のあやめ草」、B「夏の野の茂みに咲ける姫百合の」、C「海の底沖つ白浪」である。特徴としては二点ある。自然物や風景を描写するひとまとまりの語句であること、そして、一首で作者が訴えかけたい内容とは、直接に関わらない物であること、である。作者が訴えたい部分は主想部などと呼ばれる。序詞以外の下半分で、A「あやめも知らぬ恋もするかな」、B「知らえぬ恋は苦しきものそ」、C「たつた山いつか越えなむ妹があたり見む」に当たる。作者の心を表す部分である。誰もが不思議に思うことは、言いたいことを後回しにして、どうしてこんな回りくどい表現をするのか、ということだろう。たった三十一文字しかないのに、言葉の無駄遣いにもほどがあろう。

実際、序詞の部分を読んでみてどういう感想を持つか、と教室で問いかけると、「意味がない」「回りくどい」「おおげさだ」という、正直な感想が必ず出てくる。なるほどこれが序詞の持つ大きな謎だといってよいだろう。どうしてこういうものを用いるのだろうか。

ところで、ある日この質問に、一人の学生が「何か懐かしい感じ」と答えた。確かに序詞では、必ず何らかの風景や物事が描写される。その描かれた物に懐かしさを感じたというのだ。まるで見てきたかのようだね、とその時は冗談めかして済ませてしまった。しかし後になって、これはかなり本質をついた指摘なのではないかと、考え直すことになった。解答した本人の意図はさておき、少なくとも序詞というのは、「ある種の懐かしさをかもし出す表現」だと言ってよいのではないか。

懐かしさといっても、必ずしも体験が不可欠というわけではない。最近テレビの番組で、昭和三十年ころの駄菓子屋が再現され、どう見ても昭和の終わり以降の生まれとおぼしい若い女性たちが、「懐かしい」と連呼しているのを聞いたことがある。知らないだろうに、と苦笑する一方、どこかわかる気もした。各種のメディアを通して、関連するさまざまな情報がすでに自分の中に蓄積していて、あたかもそれを現実に見たことがあったかのような気になったのであろう。

人は、現実に体験していないことにでも、懐かしさを感じることがある。そういう観点から、序詞をもう一度見直してみたい。

序詞の三種類

序詞を持つ歌は、序詞部分と、主想部（言いたいこと）に分かれる、と言った。ただし、その二つは、はっきりと分断されるのではなく、間に中間地帯を持っている。序詞と主想部の双方に関わり、両者をつなぐ働きをする言葉である。これを「つなぎ言葉」などと呼ぶ。先ほどのA～Cの歌でいえば、Aは「あやめ」、Bは「知らえぬ」、Cは「たつ」である。序詞とそのつなぎ言葉との関係を見ると、Aは「あやめ」という類似の音を持つ語が繰り返され、Bは序詞が「人に知られない」ことの比喩となっており、Cは「たつ」という言葉が二重の意味を持ち、上下に別々の意味で機能している。すなわち、掛詞《かけことば》として働いている。このA～Cは、序詞を、主想部とのつながり方によって分類した三種類にちょうど対応している。

① 類音の繰り返しに基づく
② 比喩に基づく
③ 掛詞に基づく

の三種類である。

機能は三種類あるが、構造はただ一つである。序詞を持つ歌（序歌という）の構造を図示しておこう。

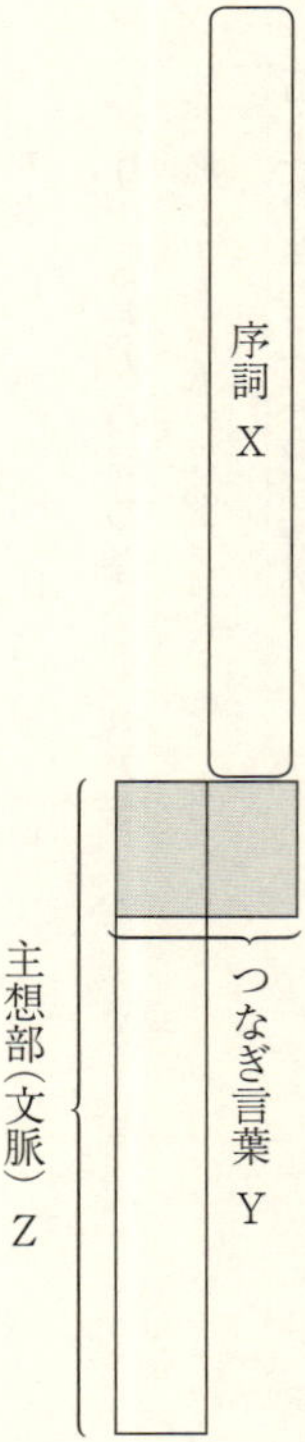

図2

序詞を使う時

序詞は使用されるその都度、新しい表現が工夫される、と述べたが、実際にどのように工夫されると考えればいいのだろうか。わかりやすくするために、問題形式にしてみた。1〜3は、『万葉集』の歌の下句である。それぞれに対応する上句を、後のア〜カから選んでみてほしい。ただし、対応するものが一つとは限らない（傍線部が序詞である）。

1　思ひ過ぐべき君にあらなくに
　　あなたのことをけっして忘れないよ

2　立ちても居ても君をしそ思ふ
　　立っていても座っていてもあなたのことを思っています

3　妹は心に乗りにけるかも
　　あの娘のことで心はいっぱいだ

ア　遠《とほ》つ人猟路《ひとかりぢ》の池に住む鳥の　（巻十二・三〇八九・作者未詳）
　　トホツヒト猟路の池に住んでいる鳥が

イ　いざりする海人《あま》の楫の音ゆくらかに　（巻十二・三一七四・作者未詳）
　　漁をする海人の梶の音はゆらゆらと

ウ　石上布留《いそのかみふる》の山なる杉群の　（巻三・四二二・丹生王《にふのおおきみ》）
　　石上の布留の山の群だつ杉の

エ　春柳葛城山《はるやなぎかづらきやま》に立つ雲の　（巻十一・二四五三・作者未詳）
　　ハルヤナギ葛城山に立つ雲が

オ　朝に日《け》に色づく山の白雲の　思ひ過ぐべき君にあらなくに
（巻四・六六八・厚見王《あつみの》）
朝ごと日ごとに黄葉する山にかかる白雲が

カ　宇治川の瀬々《せぜ》のしき波しくしくに　妹は心に乗りにけるかも
（巻十一・二四二七・柿本人麻呂歌集）
宇治川の瀬々にしきりに寄せる波はひっきりなしに

ア・エが2、イ・カが3、ウ・オが1に、すなわち同じ下句に、異なった複数の上句が接続する。心を表す部分である主想部は、実は何度も使用可能なのだ。別の言葉で言えば、類型的なのである。

1を例にして、創作意識を追いかけてみよう。あなたのことを忘れないよ、と訴えかけたかったとする。古典語にも「忘る」という言葉はあるが、ここは「思ひ過ぐ」という、もっと印象的な言葉を使ってみよう。この思いが消え去る、という意味だ。すると、「思ひ過ぐべき君にあらなくに」とか「思ひ過ぐべき君ならなくに」という表現になる。直訳すれば、この思いが消え去るはずのあなたではないよ、ということだ。「忘れない」と言うより、ずっと忘れそうにない表現だろう。この気持ち（主想部）に対応するようにして、その前に序詞が配置される。

石上布留の山なる杉群の　思ひ過ぐべき君にあらなくに

朝に日に色づく山の白雲の　思ひ過ぐべき君にあらなくに

「思ひ過ぐ」がつなぎ言葉である。前の歌では、「杉」（スギ）と「過ぐ」（スグ）の音が似ているので、「石上布留の山なる杉群の」というまとまり全体が「過ぐ」にかかる序詞となる。前掲の三種類の機能のうちの、①「類音の繰り返しに基づく」ものだ。一方後の歌では、「朝ごと日ごとに黄葉する山にかかる白雲」は、やがて消え去っていく（「過ぐ」）。そのように忘れ去る（ことはない！）、という具合に、比喩的な意味で「（思ひ）過ぐ」にかかっていく。こちらは②「比喩に基づく」に当たる。心情を表す主想部の部分は、この例が端的にそうであるように、類型的な表現であることが少なくない。類型的な主想部は、他にも数多い。それに比べると、序詞の部分は、独自の表現であることが一般的である。類型的な心情表現（主想部）は、当然人々との共感を得やすい。そしてその前半部に個性的な風景のイメージをかぶせることで、歌の中に表された心情にも、個別的な色彩が加わることになる。その人固有の心がくっきりとしたイメージを伴って他者に伝わる、ということになる。

とくに②の比喩に基づく序詞の場合は、この説明で基本的に理解できる。しかし、現在私たちの考える比喩に比べると、どうも余分な要素が多いし、ましてや①と③のように、音の類似・同一に基づく序詞の場合は、もう少し説明がないとわかりにくい。意味やイメージを二の次にして、ただ音が似ているというだけの偶然の一致にすがりついているように思われ、どうしてこんな回りくどいことをするのか、まだまだ腑に落ちないであろう。

形式の力、形式を生かす工夫

『万葉集』に短歌形式（五・七・五・七・七音）の歌は約四千二百首あり、その中で少なく見積もっても六百首以上に序詞が用いられている。序詞の認定の仕方が違うために、七百首以上あるという研究者もいる。ということは、序詞を用いるというのは、『万葉集』時代の短歌形式の歌の、きわめて基本的な詠法だということになる。基本的なだけではない。どうやら序詞は、一首の和歌の表現が本来どういう構造をとるかという、始原的かつ根本的な問題につながるものであるらしい。

序詞の発生について、土橋寛《つちはしゆたか》氏は、「序詞は、心情の「表現形式」ではなくて、始めに即境的景物を提示し、それに寄せて（寄せる方法はいろいろある）陳思する、という発想上の約束ないし発想形式というべき性格のもの」（『古代歌謡論』）と規定している。序詞は、もともと心情を表現するためにあったのではなく、「即境的景物」（歌の場や環境に関わりのある景物）と心情とを結び付ける形で表現する、古代的な発想に由来するというのである。また、鈴木日出男氏は、序詞だけでなく、古代の詩的表現の基軸に「心物対応構造」――物（事物）と心（心情）とが対応しながら表現されるあり方――が見られ、これが後に、自然と心とを自在に行き来するような、『源氏物語』など独自性豊かな仮名散文の発達にもつながっているのだと、文学史的展開を見通した魅力的な見取り図を示している（『古代和歌史論』）。どちらの論に従っても、物と心とを対応させる表現は、かなり根源的な形式であるらしい。

なるほど、根源的な形式であるとするならば、序詞の風景からある種の「懐かしさ」の感覚がかもし出されてきてもおかしくない。心情を目の前の風景と結びつけて表現するような形式が、具体的な物事を捉え、表す時の発想にまで深く食い入っていて、人々の心に長く受け継がれてきたということは、仮にはっきり自覚していなくても、そこに「集団的な記憶」とでも呼ぶべきものが形成されていることになるだろう。その形式が歌に用いられた時、自分が直接体験していなくても、その風景に懐かしさを感じることは、十分にありうるのである。

もちろん、いかに根源的なものであれ、形式というものは、ただ黙ってそこに何かを当てはめればすぐに力を発揮する、というものではない。かえって古臭いものとして敬遠されてしまうおそれだってあるだろう。形式は形骸と化しやすいのである。そこで、形式に潜在するパワーを発動させる、いわばスイッチを入れる必要がある。形式を生かし、「懐かしさ」をかもし出そうとする言葉の工夫のことである。

まず、序詞に描かれる物を考えてみよう。言うまでもなく、何でもよいというわけではない。

土橋氏も「即境的景物」と指摘したように、今まさに人々が目の前にしている景物であることもあるだろう。あるいは直接眼前にしていなくても、皆が関心を持っている物事でもよい。要するに、歌の詠まれる場にちなんだ身近な表現ということである。序詞は個別的であるという言い方をしてしまったが、これは類型的ではなく具体的だということを強調しようとしたのであって、けっして私的・個人的という意味ではない。むしろ序詞の中に描かれている事物は、複数の人々が共感可能なものであった。誰もがイメージしやすい周知の地の風景であればもちろんのこと、たとえどことと特定できない景色であっても、季節感あふれる情景であるとか、祭式など信仰に関わる事物であるとか、いかにも他者と経験を共有できそうな風景が描き出されている。描かれた物や風景自体、詠まれる場にいた人々と関わり深い、あるいはたやすく想像できるものが選ばれているのである。

ただし、身近であることや関心を持っていることは、「懐かしさ」とは微妙に異なる。親近感や関心だけでは、人は情を揺さぶられない。情を動かす契機を考えるために、次に定型の意義、声の共有、という二つの視点から見てみることにしよう。

定型の生み出す記憶

本書などもそうであるように、通常和歌の説明は散文でなされる。和歌についてのさまざまな事柄が散文に置き換えられていく。当たり前といえば当たり前だが、そのために散文に置き換えて説明しやすい部分が優先され、和歌だから起こりうる、あるいは和歌でしかできない事柄の説明は後回しにされ、下手をすると放置されかねない。もちろん話は逆なのであって、和歌固有の問題こそが、率先して語られなければならないだろう。和歌固有、といえば、まずは定型の問題である。和歌の短歌形式が五・七・五・七・七音という定まった形を持っていることは、序詞とどう関わっているのだろうか。もちろん長歌形式の中でも序詞は用いられるけれども、やはり序詞らしさがもっとも発揮されるのは短歌形式だと見なしてかまわないだろうから、話をこれに限ることとする。

さて、一首三十一音と決定されているということは、三十一音目で終わる、という終結が見えているということにほかならない。第五句三十一音の果てで決着がつく、という前提で全てが成り立つ。第五句へ向かう途中でも、あとどれぐらいでけりがつくかの予感を、はっきりと持つことができる。だから大げさにいえば、定型は一つの運命である。歌を味わいながら、運命に導かれてゆくかのような予感が生まれるのである。定型がしっかりと身についていることが条件ではあるが、歌の定型に縛られることによって、逆に歌のそれぞれの言葉は、単なる言葉であることを越え、運命的な予感に満ちたものとなる。

序詞は必ず主想部に先行する。そして主想部は、常に唐突に出現するよう演出される。ところが読み手はそこに、しかるべくして起こった出会いを感じる。あたかも手品の結末(見せ場)のように、それまで、序詞といういわくありげな迂回路に付き合わされていた観客は、意外な出来事の出現にしばし息を呑む。もちろん何も予想しなかったわけではない。こんな感じになるだろう、という漠然とした予感はあったのだ。それにはっきりとした形が与えられた、決着を見た、という感覚に襲われる。

春日祭《かすがのまつり》にまかれりける時に、物見《ものみ》に出でたりける女のもとに、家をたづねて遣《つか》はしける　壬生忠岑《みぶのただみね》

春日野《かすがの》の雪間《ゆきま》を分けて生ひ《おい》出で来る草のはつかに見えし君かも(古今集・恋一・四七八)

春日祭に出かけたときに、見物に来ていた女のもとに、家を探し出して贈った歌

春日野に積もった雪の間から萌え出てくる草の姿はほんのわずか——わずかに姿を見せたあなただった。

春日祭に下向した時ちらりと見かけた女に、言い寄った歌である。贈られた方の女からすれば、まったく知らない相手から手紙が来たことになる。さて彼女は、この歌をどう受けとめただろうか。

まず、冒頭の「春日野の雪間」とある言葉から、ああ、この間の春日詣での時のこと、と二月に春日祭の使者の行列を見物に出かけたことを思い出しただろう。それにかこつけて何を言い出すやらと、期待感を高めながら読み進む。だがなかなか本音が出てこない。「雪間を分けて生ひ出で来る草の」と焦らしに焦らされる。しかし同時に、春日野→雪→雪間→草と視点が絞られていくのにあわせ、気持ちにも絞りがかけられていく。心が、ある一点に向かって進むよう、誘いこまれる。そういう序詞の直後、「はつかに見えし君かも」と決着する。ああ、見られていたのだ、と気づかされる。もちろん「見えし君」とは、君に恋してしまった、と同義である。けっして人前に出ない貴族の女性たちは、少しでも姿を見せただけで人を恋に陥れる力を持つのだから。恋したという着地点がぴたりと決まってしまえば、それ以外にはないとばかりに、ぐうの音も出ない説得力が生まれる。恋心の訴求力を持つのである。

偶然から「運命」へ

恋という結論が与えられたことで、回り道にしか見えなかった長々しい序詞も、逃れられない運命に誘い込まれてゆくかのような、独特の雰囲気をまとい始める。そうでしかありえなかった結末への、必然的な道行に思えてくるのである。そこで、「はつかに」という語の二重性が生きてくる。「はつかに」という言葉が合致していることなど、所詮は偶然の一致にすぎない。むしろ偶合《ぐうごう》であることが強調されているような言葉の展開である。にもかかわらず、和歌の定型が、いわば樽を締め上げる箍《たが》のように働くことによって、偶然でありながら、必然であるかのような気にさせられてくる。特別に選ばれた事柄に思えてくる。偶然と必然とが、微妙にバランスを取りながら共存し始める。そして何より大事なことは、その時に語られる物や風景が、実に共感可能なものとなっていることである。

序詞の風景は、死者についての記憶と似ているかもしれない。定型の決着を、死に見立ててみよう。人が死ぬ。するとその人についての記憶も変化する。明日があるさ、という間延びした未来への期待を奪われるやいなや、死者の記憶は、新たな色合いを帯びる。ちょっとした偶然の出来事が、死というラストシーンに向かう物語の、運命的な一場面にも思えてくる。あるいは逆に、当然だ、当たり前だと思いこんでいた事柄が、どれほど偶然に満ちたものであったかを悟る。あのとき出会わなかったら、ああ言わなかったら、と幾度思うことだろう。偶然と必然が新たなバランスを作り出して、記憶の色合いを変化させる。そして、その記憶は、どことなくみな似た雰囲気をまとい始める。セピア色に染まった写真の中の表情が、どれも思いのほか似通って見えるように、個々人のかけがえのない死者の記憶が通じ合い、浸透し合う。共感可能な記憶の光景は、ある種の決着の感覚から生じるという点で、序詞への理解を助けてくれそうである。

やや話題が辛気臭くなったので、別の比喩を用いよう。先ほども述べたように、記憶が共有可能になる仕掛けは、いくらか手品にも似ている。その種はこう言えようか。序詞(X)→つなぎ言葉(Y)→主想部(Z)と、普通序歌は展開する。しかし、その出来上がる順序はといえば、Zが始めにあり、その中のYに注目して、そこからXが発想されてくる――現実には、YとXは互いにすり合わせながら同時に出てくるのだろうが――というように、まったく逆のはずなのだ。現実の時間的順序をひっくり返し、あたかもその逆順で物事が生起したかのように言葉で装っているのである。フィルムを逆回転した時の、吸い込まれるような感覚と言えばよかろうか。Yに媒介されたZが、まるで奇跡のように呼び起こされ、出現することになる。そのとき、Xの序詞は、謎めいた言葉であり、そのあげくに奇跡を惹起する言葉となる。呪文、と言いたくなる。冒頭で、序詞は枕詞の長いやつ、という発言を紹介したが、たしかに呪文を想起させるという点で、序詞は枕詞とよく似た機能を持つ。呪文は言うまでもなく集団で共有されるものである。序詞も集団で共有される記憶となってよいはずだ。

しかし、まだ「声」の問題を考え忘れている。序詞を捉えるには、定型の力に加えて、「声」の力を考え合わせる必要がある。

序詞の機能の源泉となる、大事な側面がある。それは言葉の音の一致ということである。声を合わせる装い、といってもよい。最初に分類した①および③が、同音あるいは類音という、声に出した時の音の類似に基づいていたことを想起したい。序詞においては、声の一致・類似が重要な意味を持つ。一見、②は比喩に基づいた関係であり、つまり意味としてつながっているから、①・③とは別種の物のようにも見える。しかしそうでもない。

をとめらが袖ふる山の瑞垣《みづがき》の久しき時ゆ思ひきわれは

(万葉集・巻四・五〇一・柿本人麻呂)

乙女が袖をふる、布留《ふる》山の神垣《かみがき》はいく久しい——久しく以前から慕っていたのだ、私は。

巻向《まきむく》の痛足《あなし》の川ゆ行く水の絶ゆることなくまたかへり見む

(万葉集・巻七・一一〇〇・柿本人麻呂歌集)

巻向の痛足川を行く水は絶えない——絶えることなくまたこの川を見よう。

どちらも比喩的な序詞ではあるが、それぞれ「久しき」「絶ゆることなく」という同じ語——当然音も同じである——を、上からのつながりと下へのつながりとで二重に用いていると考えれば、③の掛詞に基づく序詞の中に組み入れることができる。そうすれば、序詞の基本は、つなぎ言葉の音の一致・類似に集約できるのである。序詞が音の一致・類似を基本とするということならば、次に、それを主想部とのつながりとしてしっかり把握できるのはなぜなのか、という疑問が起こる。それは「声を合わせる」という感覚ではないか。

この山の峰に近しと我が見つる月の空なる恋もするかも

（万葉集・巻十一・二六七二・作者未詳）

序詞は、「この山の峰に近いあたりに出たと私が見た月が」という意味である。つなぎ言葉「空なる」のあたりを、あえて論理的になるよう直して訳せば、「月が中空にあり、その空ではないが、うわの空になってしまう」となる。けれど、誰がこの歌をそんな風に回りくどく味わうだろう。歌が台無しになってしまう。話は簡単であって、「ツキノソラナル」と声に出せば、もう説明はいらない。序詞から主想部へ、たしかにそこに飛躍はあるが、声に出すという身体のリアリティによって、十分に受け止めることができる。声の響きが、上と下の断絶をつなぎとめるのだ。その時、上からすなわち序詞からの声と、下からすなわち主想部からの声が、「ツキノソラナル」の所で重なり合い、まるでステレオ効果のごとくに響き合っていることが体感できるだろう。つまり、つなぎ言葉において音が一致するということは、声に出した時に融合できるということなのだ。

共生の感覚から共同の記憶へ

どんな場合でも、声を合わせることほど、共生する感覚を培うものはない。てっとり早く人の絆を生み出す。広く儀式や儀礼一般に、唄や唱えごとの斉唱・唱和が多用されることはいうまでもない。逆に、声を合わせることで、その場を日常とは異なる儀礼的空間とすることができる。「いただきます」でも「乾杯!」でも讃美歌でも、それを皆で唱和したとたんに、空間の意味ががらりと変容する時の身体感覚を思い起こせば、わかりやすいだろう。

もちろん、本当に声に出すかどうかは決定的な事柄ではない。いかにも声を合わせているかのような構図が重要なのである。声を合わせることだけにこだわるなら、どんな言葉だってよいことになる。言葉だけで、声を合わせているかのように感じさせるためには、何が必要か。偶然でありながら、そうでしかありえぬ、という感覚ではないか。唐突に二つの言葉が重なったのは偶然だが、しかし定型が完成し、最後に決着してみれば、当然そうなるほかはなかった、と感じざるをえないのだ。

日常生活の中で、他の人と偶然同時に同じことを言って、ひどくおかしかった、あるいは恥ずかしかった経験がないだろうか。声を揃えるというのは、とても非日常的な体験であり、ましてそれが偶然に起きると、びっくりしてしまう。以前、出家者でもある研究者の葬儀に、たまたま参列したことがある。参列者にも出家者が多かったのだろう、導師の読経が始まるや、あちこちから同じ経文を読む声が呼応し、その声が響き合って斎場を満たした。予想もしていなかった出来事で、鳥肌の立つ気分であった。読経が仏を立ち現す信仰の営為であることを、実感できた気のする瞬間であった。偶然に声が合わさることは、実に心の合わさる気分を作り上げる。

つなぎ言葉に見られる偶然の音の一致は、和歌の定型に支えられて、必然的なものでもあるかのように感じられてくる。するとそこに、人と声を合わせているかのような感覚が発生する。声を合わせている時、人は他の人も同じものを見、同じことを感じているような確信に囚われる――決してそうとは限らないのだけれども――。この声の響く中で、序詞の風景は、体験に縛られない、純度の高い懐かしさをかもし出しながら、共同の記憶となって人々に受け入れられるのであった。

序詞は、八世紀に成立した『万葉集』の歌の基調を形作っていたと言ってかまわない。古代国家が確立してゆく中、その過程をさまざまな面で表しながら『万葉集』は編集された。序詞が共同の記憶となり、「人々の記憶」となるものだとすれば、たしかに古代の国づくりの声の響く『万葉集』にふさわしいものだったと言えよう。

第三章　掛　詞――偶然の出会いが必然に変わる

レトリックの万能選手

いよいよ掛詞である。いよいよなどともったいをつけたのは、掛詞こそ和歌のレトリックの中心となるものだからだ。すでに枕詞・序詞の説明の中に、ちらりと出てきたことをご記憶だろうか。枕詞・序詞と関わるだけではない。次章で述べる縁語とは、コインの裏表といいたいくらい密接に関係するし、その後の本歌取りとも無縁とはいえない。のみならず、和歌以外の散文の作品にも盛んに取り入れられることになるのだから、レトリック中の万能選手と呼んでよいほどである。

ただし、それら応用範囲に富む掛詞は、広い意味での掛詞である。今これを、「掛詞(広義)」としておく。一つの言葉が二重の意味で用いられているもの、と単純に定義しておいてよい。それに対して、ここで扱いたいのは、掛詞そのものを主眼とした表現のことで、「掛詞(広義)」との違いは、一語が二重の意味になっているだけでなく、文脈までも二重になっていること、である。先述のように「文脈」とは、本書では、一文に準じるような意味のまとまりのことを指している。掛詞は、ちょうどその二重の文脈が重なった部分に当たる。図示すればこうである。

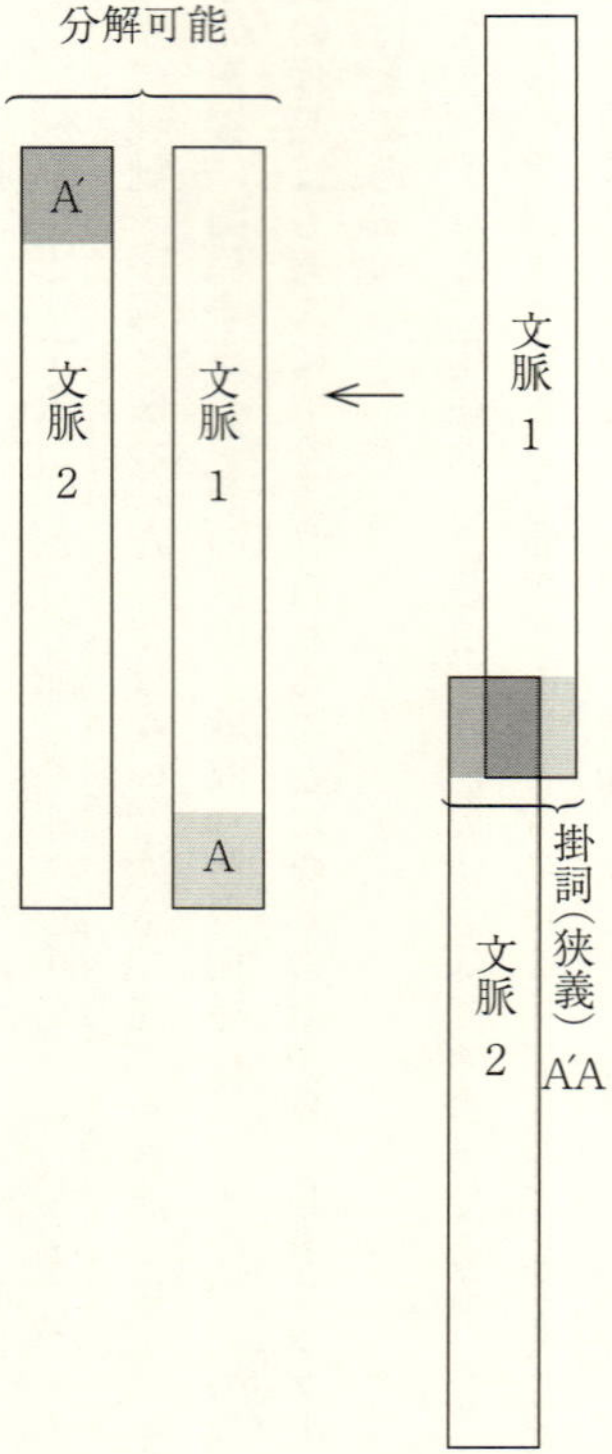

図3

図のように二重の文脈は二つに分解することができ、それぞれに自己主張する。枕詞や序詞で用いられた掛詞では、文脈の一方は、原則として一首の表現したいこととは関わらない。しかし、掛詞では、両者とも関わるのである。これを「掛詞(狭義)」としておく。本章でたんに「掛詞」と言った場合は、原則的にこの「掛詞(狭義)」のことである。

『古今集』の時代区分

掛詞のレトリックは、何といっても『古今集』で成長し、確立した。だから『古今集』を中心にみていこう。といっても、『古今集』の掛詞もかなり数が多いので、これを三つの時代に分けることにしよう。

『古今集』の和歌は、その詠まれた時代からみて大きく三つの時代層に分類される。「読人《よみびと》知らず時代」「六歌仙《ろっかせん》時代」「撰者《せんじゃ》時代」の三者である。「六歌仙時代」というのは、序文に出てくる六人の先輩歌人、僧正遍照《へんじょう》・在原業平《なりひら》・文屋康秀《ふんやのやすひで》・喜撰《きせん》法師・小野小町・大伴黒主《おおとものくろぬし》の活躍した時代で、西暦八三五年から八九〇年までであたりを指す。「読人知らず時代」はその前で、「読人知らず」とされる歌の多くがこの時代の作かとされていることからの命名である。すなわち『古今集』中の古層に属する時代である。対して「撰者時代」は八九〇年から『古今集』が成立したといわれる九〇五年までを指す——実は一部それ以後の歌も含むが——。撰者である、紀友則《きのとものり》・紀貫之《つらゆき》・凡河内躬恒《おおしこうちのみつね》・壬生忠岑たちが活躍していた、まさに『古今集』の中の現代である。

「読人知らず時代」の掛詞

まず「読人知らず時代」である。ここで、地名が掛詞となっている例があることに気づく。

思ひ出《い》づるときはの山の時鳥《ほととぎす》から紅《くれなゐ》のふり出でてぞ鳴く（夏・一四八・読人知らず）

昔を思い出しているちょうどその時、常磐《ときわ》の山のホトトギスは、真紅の色を染めるように、声を振り絞って鳴くのだよ。

「とき」が、「時」と地名「ときは」（常磐）の掛詞である。昔のことを――ホトトギスは冥界とこの世を往来する鳥だから、死者のことででもあろうか――思い出している時、常磐山のホトトギスが鳴いたのである。その二つの文脈が両方とも一首の中で現実のものとして生かされていることがわかるだろう。ちなみに、第五句の「ふり出でて」も掛詞（広義）である。真紅の色（韓紅）を「振り出でて」（水に振りだして染める）と声を「ふり出でて」（振り絞って）を掛けている。ただし、「真紅を染める」は一首の中では現実的な意味を担っていないので、文脈は二重とならず、ここで問題にしたい掛詞には入らない。

地名が掛詞となる例は、『万葉集』の時代から見られる、由来の古いものである。枕詞の章で見たように、地名には独特な力がやどると考えられていたようだから、掛詞という非日常的な言葉づかいを引き寄せるのも、うなずけるところがある。

謎解きの鍵

では、そういう独特な力があるとも思えない、地名以外の言葉を用いた掛詞はどうだろうか。今、「読人知らず時代」の掛詞の特色を表すと見なされる五首の和歌を取り上げ、その上句と下句を分離して、A群とB群に振り分けた。それぞれどれとどれが組み合わさるだろうか。また、掛詞はすべてB群にある。どれが掛詞だろうか。

A
1　刈れる田におふるひつちの穂に出でぬは　(秋下・三〇八・読人知らず)
　刈り取った田に生える稗《ひつち》(刈った稲の切り株から出る芽)が穂を出さないのは
2　篝火《かがりび》の影となる身のわびしきは　(恋一・五三〇・読人知らず)
　川に映る篝火の光のようになってしまった自分がつらいのは
3　風吹けば波うつ岸の松なれや　(恋三・六七一・読人知らず)
　風が吹くと波が打ち寄せる岸の松だとでもいうのでしょうか
4　我が袖にまだき時雨《しぐれ》の降りぬるは　(恋五・七六三・読人知らず)
　私の袖に時季外れの時雨が降ったというのは

5　世の中をいとふ山辺《やまべ》の草木とや　（雑下・九四九・読人知らず）

世の中に絶望して住む山中の草木だとでもいうのでしょうか

Bア　ねにあらはれて泣きぬべらなり

根が洗われ、声に出して泣いてしまいそうです

イ　あなうの花の色に出でにけむ

ああいやだ、と卯の花は顔色に出して咲いたのでしょうか

ウ　ながれて下に燃ゆるなりけり

流れて川底で燃え、泣かずにはいられなくても密かに燃えているのです

エ　君が心にあきや来ぬらむ

秋とともにあなたの心の中に飽きが来たのでしょうか

オ　世をいまさらにあきはてぬとか

秋も終わりこの世も嫌になり果てて、もう今更、と思っているのでしょうか

答えは、1・オ「あきはてぬ」（秋果てぬ・飽き果てぬ）、2・ウ「ながれて」（流れて・泣かれて）、3・ア「ねにあらはれて」（根に洗はれて・音に表れて）、4・エ「あき」（秋・飽き）、5・イ「う」

(卯・憂)。

これらを見ると、掛詞の用い方に法則性があることがわかるだろう。上句で問いかけが示されて、下句がその答えになっている、いわば問答的な構成である。そして、答えの鍵となっているのが掛詞である。あたかも高座の謎かけ——私の顔と掛けて一円玉と解く。その心は？これ以上くずしようがない——を思わせるごとくに。もう少し詳しくいえば、上句は、自然を中心とした風景を謎めいたものとして提示する問いを形成しており、下句は、その風景と、わが身のあり方とを重ねる形で答えとなっている。風景とわが身がそれぞれに異なる文脈を形成し、その二重の文脈を接合する要が掛詞なのである。

ここで思い起こしたいのは、序詞が、やはり風景を表しつつ、主想部のわが身のあり方へと急展開していたことである。序詞と掛詞とは、かなり近いものがある。試しに、先ほどの

風吹けば波うつ岸の松なれやねにあらはれて泣きぬべらなり

の歌を、ちょっとだけいたずらをして、こう変えてみる。

風吹けば波うつ岸の松の木のねにあらはれて泣きぬべらなり

たちまち、序詞の歌に変身する。上句「風吹けば波うつ岸の松の木の」が「ねにあらはれ

て」を導く序詞である。掛詞は、序詞を一つの発生基盤とするのだろう。そして、序詞の歌が持っていた唐突さを、問答的な構成の中に移し替えることで緩和する、そういう面があるのかもしれない。もちろん、掛詞だって、唐突である。風景とわが身がいきなり衝突するのだから。その衝突の衝撃を、風景とわが身の二重の文脈それぞれを生かしつつ押さえ込む、問答的な構成が発明された、といえようか。問いと答えの掛け合いの演技の中で、掛詞の非日常性が生かされるのである。

「六歌仙時代」の掛詞

この掛詞が、「六歌仙時代」となると、もう少し複雑な様相を呈してくる。「読人知らず時代」の掛詞のように、きれいに上句と下句が対応しない場合が多くなる。ずれが生じてくるのである。二重の文脈も、「読人知らず時代」には、風景の方にどちらかといえば力点があったのだが、今度は、わが身の方に引き寄せてくるような傾向が見られるようになる。風景をわが身にまつわらせるような傾向、と言ったらよいだろうか。だから、少々二重の文脈のバランスが悪くなるのだが、反面、独特の魅力を持つ自己表出が出現することにもなる。例えば、「ながめ」の掛詞を用いた、有名な二つの例を見てみよう。

起きもせず寝もせで夜を明かしては春の物とてながめ暮らしつ

（恋三・六一六・在原業平）

起きているわけでもなく、かといって寝ているわけでもなく夜明かしをして、昼は昼で春らしい長雨の中、物思いにふけって過ごしました。

花の色はうつりにけりないたづらにわが身世にふるながめせしまに

（春下・一一三・小野小町）

花の美しさはむなしく色あせてしまいました。私がうかうかと物思いにふけっている間に、長雨が降って。

「起きもせず」の歌の「ながめ」は、物思いにふけってぼんやりと見る「眺め」と、春の「長雨」との掛詞である。業平歌は、起きるでも寝るでもなく夜明かしをして、という謎めいた上句に対して、下句で、それは春らしい「ながめ」のせいだと、掛詞によって一応答えが出される形となっている。だから、おおよそ問答的構成にはなっている。しかし冒頭からずっと自分のことばかりである。そして、輾転《てんてん》反側した夜から明け方、昼から夕暮れまで、恋に悩む自分の時間が一続きに流れていく。「ながめ」の掛詞のうち、「長雨」という風景の文脈に関わるのは、「春の物とて」(春の景物だということで)という、なにか注釈めいた一句だけである。唐突に掛詞を持ち出すので、急いで言い訳をしているとでもいえばよかろうか。それだけ自己を表出することにこだわった、ということなのだろう。逆にいえば、掛詞は、存分に自分のことを語るための、口実のようである。

小町の歌の掛詞は、巧妙である。「ふる」が「降る」と「経る」の、「ながめ」が「長雨」と「眺め」の掛詞で、それぞれのうちの前者が春の風景の文脈、後者がわが身の文脈を形作る。業平に比べれば、風景の文脈にも言葉を配置しているように見えるが、結局わが身のあり方を語る文脈が強烈で、言葉は悪いけれども、風景はダシに使われている印象が拭えない。「花の色」に小町自身の「美しい容貌」が込められているという読みが中世以来絶えないのも、その理由からだろう。掛詞は、わが身を表出するための原動力となっているのである。

わが身のありさまを印象的に訴えかける手段として、少々強引な力技をも見せながら利用するのが、六歌仙らの掛詞の特色といってよいだろう。他にも、

今来むといひて別れし朝《あした》よりおもひくらしの音をのみぞ泣く　(恋五・七七一・僧正遍照)

すぐに来るよと言って別れた朝から、一日中あの人を思い、ひぐらしのように声をあげて泣いて

いるばかり。（ひくらし――「日暮らし」と「ひぐらし」）

わくらばに問ふ人あらば須磨《すま》の浦に藻塩《もしほ》たれつつわぶと答へよ

（雑下・九六二・在原行平）

万一私のことを尋ねる人がいたならば、須磨の浦で海水にびしょ濡れになって泣き悲しんでいる、と伝えてほしい。（藻塩たれ――「製塩のために海水に濡れる」と「泣く」）

なども、やはりわが身に引き寄せようとする姿勢が強い。

「撰者時代」の掛詞

「撰者時代」はどうだろうか。

まず撰者紀友則の、次の歌から見よう。

雲もなくなぎたる朝の我なれやいとはれてのみ世をば経《へ》ぬらむ（恋五・七五三・紀友則）

雲ひとつなく穏やかな朝、それが私なのか。だから「いと晴れて」いながら、「厭はれて」ばかりで生きているのだろう。

これは、「読人知らず時代」に見た、上句が謎、下句が答えの問答形式にそっくりである。古い詠み方が残存したケース、ではなかろう。あえて復古的に詠んでいるにちがいない。古い形式を借りながら、その中に、「いとはれて」という意表をついた掛詞を据えてみせたのである。ちなみに、「厭はれて」も「いと晴れて」も、平安時代初めくらいまでは、両方とも「イトファレテ」と発音していた。

実は和歌史には面白い現象があって、新しい歌のスタイルを鼓吹《こすい》しようとする歌人たちは、みな判で押したように、古風に帰れ、と唱えるのである。直前の時代と袂を分かつために、ずっと古い時代に自己の根拠を求め、新しい試みを正当化しようということなのだろう。その時の「古風」なるものは、源実朝・京極為兼《きょうごくためかね》・賀茂真淵《かものまぶち》・正岡子規などを典型として、歴史上『万葉集』であることが多いけれども、もちろん『古今集』であったり、『新古今集』だったりもする。この場合は、「六歌仙時代」以前の古い和歌ということになる。

しかし、だからこそ、まったく同じものの復活とはならない。撰者たちと同時代の、すなわち『古今集』成立当時の現代歌人の掛詞を見ると、いかにもバランスが取れているなあ、という印象を受ける。バランスとは、風景表現とわが身の表現との、二重の文脈の調和のことである。

行く年の惜しくもあるかなます鏡見る影さへにくれぬと思へば　（冬・三四二・紀貫之）

暮れて行く年がつくづく惜しいのだ。一緒に鏡に映る我が姿まで老いぼれてしまうと感じられるので。（くれ――「一年が暮れる」と「年齢が暮れる」（老いる））

夜とともにながれてぞ行く涙川冬も氷らぬ水泡《みなわ》なりけり　（恋二・五七三・紀貫之）

夜ごと泣かれて、そして流れて行く涙川。それは冬になっても氷らずに泡立つ激流であった。（ながれて――「流れて」と「泣かれて」）

初雁《はつかり》のなきこそわたれ世の中の人の心のあきし憂ければ　（恋五・八〇四・紀貫之）

初雁が鳴いて空を行く。そして私は泣き続ける。秋が来て、あの人の心にも「飽き」が来たのが悲しくて。（なき――「鳴き」と「泣き」、あき――「秋」と「飽き」）

難波《なには》にまかれりける時よめる

難波潟生《がたお》ふる玉藻《たまも》をかりそめの海人《あま》とぞわれはなりぬべらなる（雑上・九一六・紀貫之）

難波に出かけた時に詠んだ歌

難波潟に生える玉藻を刈る海人に、かりそめの旅人にすぎない私も、今にもなってしまいそうなのだ。（かり——「刈り」と「仮り（そめ）」）

撰者の中心的存在、紀貫之に登場してもらった。暮れ行く年の中で鏡に映る老貌が胸に迫る（三四二）。冬の夜の川の流れとともに恋の涙を流す（五七三）。冷めた恋人の心を思えば秋雁の鳴き声が我が事のように感じられる（八〇四）。難波の玉藻刈るわびしい海人に、たまさか訪れた旅人の思いを託す（九一六）。風景とわが身の文脈が、それぞれ自律的なイメージを結びながらも、絡み合い、響き合っている。風景がそれだけで自己主張するのでもなければ、わが身が突出するのでもない。掛詞は、主題へと一首を収束させるためにバランスよく機能している。

貫之以外では、

山里は冬ぞさびしさまさりける人目も草もかれぬと思へば（冬・三一五・源宗于《むねゆき》）

山里は冬こそ寂しさが極まる。草花も枯れ、誰も来やしない、と思うと。

の、「枯れ」「離《か》れ」の掛詞などが、代表的な例として挙げられるだろう。もう一度貫之でいえば、

秋立つ日、殿上《うへ》の男《をのこ》ども、賀茂《かも》の川原に川逍遥《せうえう》しける供《とも》にまかりてよめる　紀貫之

川風の涼しくもあるかうち寄する波とともにや秋は立つらむ　（秋上・一七〇）

立秋の日に、殿上人たちが賀茂川の川原に川遊びに出かけた時に、そのお伴をして詠んだ歌

川風がなんと涼しいこと。川風に吹き寄せられて立つ波とともに、立秋になったのだろうか。

の「立つ」の掛詞もそうだ。ただ、この場合の「立つ」は、波が「立つ」と秋が「立つ」を掛けているわけだが、どちらも風景であって、わが身の文脈が無いではないか、という疑問も起こる。波が立つのは実際の風景なのだから、秋が立つ、の方をわが身の文脈と見なすしかない。それでよいのだ。ここでもわが身は、貫之一個人のことではなく、川逍遥に出かけて行った殿上人全体を代表している。暑い京都の夏をいとい、今日やってきたはずの秋を味わいにわざわ

ざ川原に来た、宮廷人たちの思いを集約しているのである。その時、バランスと調和の取れた一首の構成は、おのずと宮廷人たちの調和をも表すだろう。貫之たちは、宮廷にふさわしい詩を作ることを目指したのである。

そのことは、『古今集』が、勅撰の和歌集として、天皇の名のもとに社会的な意義を宣言したことと深く関わっている。枕詞や序詞は、言葉で儀礼的空間を呼び起こす働きを持っていた。序詞を一つの基盤として発生してきた掛詞も、広い意味で非日常的空間を立ち現す機能を持つが、とくに貫之たち撰者の掛詞は、儀礼的というにふさわしい空間を、掛詞で描き出しているようである。いざ表現が完成してみれば、あらかじめ大きな運命的な力で定められていたかのように感じられる空間である。その意味で、予定調和的な空間といえばよいだろうか。

偶然を必然化する

以上、『古今集』における掛詞の展開を駆け足で追いかけてきた。ここで、大まかに掛詞の意義を、二つの面から考えてみたい。一つは「偶然性」であり、一つは「声」という側面である。

掛詞は、偶然性の上に成り立っている。「眺め」と「長雨」、「松」と「待つ」などが同音なのは、たんなる偶然にすぎない。眺めていた時にたまたま長雨が降っていたというのも、ずいぶん出来すぎた話だなあ、どうやら晴れている時は物思いをしないらしい。待っているときにたまたま松があってよかったものだ、これが杉だったらどうするのだろう――若いころ、面白がってそんないちゃもんをつけていたことを思い出す。作者の内発的な必然性から言葉が選ばれるのではなく、外発的な偶然性に頼っていること、これが我々に掛詞をなじみにくくさせている一大原因である。

掛詞のリアリティは、言葉の持つ意味に依拠しているというより、言葉が存在していることそのものの重みによっている、と私は思う。風景とわが身が偶然に出会う。それは一つの事件である。その事件が存在した重みを、言葉の出会いの中に置き換えようとするのが掛詞なのであろう。我々が生きているのは、突き詰めれば偶然の積み重ねの世界にすぎない。ただ、日常生活の中では、個々の出来事がある程度の必然性を持って連なっている、と何となく思い込んでいる。これが原因でこういう結果になったと思い込むことで、心の安定を得ている。しかし、強く何かに心動かされた時――美しい物にふれた、恋をした、人が亡くなった――、世界は新たな姿を見せる。個々の物事が面目を一新し、幸運にもたまたまそこに存在したのであったことに驚かされる。お定まりの因果関係など、どこかに吹き飛んでしまう。それをどう表現するか。その時の自分の心に感じたあり様を詳しく語る、という手がある。これは我々にもなじみやすい。しかしもう一つ、世界が偶然ならば、それを言葉の偶然性に移し取る方法もあったことを、掛詞は教えてくれるのである。掛詞は、偶然性をむしろ強調して、物と心、風景の文脈とわが身の文脈とを強引に重ね合わせ、風景との出会いの衝撃を再現してみせる。

ただし、偶然性を示すだけでは、唐突さに驚きはするけれども、共感を得るところまではいかない。和歌の定型が威力を発揮するのは、ここからである。序詞の章でも述べたように、五・七・五・七・七の五句・三十一音が定まっていることが、決着の感覚や、決着を予想させるある種の予感の感覚を生み出すのである。その定型の中に掛詞がうまく当てはめられることで、偶然にすぎなかった言葉の二重性が、まるであらかじめ決められていたものであるかのような錯覚を起こさせる。大げさに言えば、そうなる運命であった、と後から感じるような気分である。紀貫之たち「撰者時代」の掛詞が、予定調和を感じさせるものであったことを思い起こしたい。掛詞が発するそのような気分を上手に利用している、ということなのだろう。運命を錯覚するような気分が生まれれば、和歌に描かれた風景は、かつてそれを見たことがあるような、既視感の中で捉えられることになる。初めて触れた存在感をはっきり示しながら、なおかつ懐かしさを生じさせる感覚。掛詞によって和歌の中に据えられた風景を、それぞれもう一度味わってみてほしい。くっきりと印象鮮明な一方、懐かしさがどこからかわいてくるような感じがしないだろうか。だから、「声」(言葉の音)が一致することは偶然のことながら、それが当然のことだったように思われてくる。偶然が必然化するのである。

その「声」の問題を考えよう。掛詞は、同音であることに基づいている。読みあげた時に同じ音として発音されるからこそ、事件としての重みを身体的に再現することができる、というわけである。しかし、その「声」は本当に読みあげなくてはならないのだろうか。掛詞は、実際の「声」に支えられなければ、生かされないのだろうか。必ずしもそうではないようである。

先に見てきた、

夜とともにながれてぞ行く涙川冬も氷らぬ水泡なりけり
篝火の影となる身のわびしきはながれて下に燃ゆるなりけり

のような、「流れて」「泣かれて」の掛詞、あるいは、

今来むといひて別れし朝よりおもひくらしの音をのみぞ泣く

の、「日暮らし」「ひぐらし」の掛詞は、二つの掛けられた言葉の清濁が違っている。これは当時から違っていたと見られる。だから発音の一致だけから掛詞が生まれたのではないことは明らかである。

ただし、書く時には、当時は濁点などを付けない（濁点だけではなく、半濁点も、句読点も、かぎ括弧ももとよりない）から、仮名で書けば同じになる。ここで重要になってくるのは、掛詞が盛んに用いられるようになった「六歌仙時代」前後、すなわち九世紀とは、仮名文字が出来上がってきた時代でもある、という事実である。仮名で書いてみたらこんなにも同じ表記の言葉があった、という発見の喜びが、掛詞の流行に寄与したといえよう。「声を合わせる」ことを求めるかのような掛詞の「声」は、実は文字の発達によって逆に意識化されたもので、その意味で文字によって演じられる、という側面を持つ「声」なのであった。仮名の文字の特性を生かし、実際の声に支えられなくても、いつでもどこでも「声を合わせる」儀礼的な空間を生み出すことが可能となったのである。

掛詞は、声を合わせることを演じつつ、偶然を必然に変えてしまうようなレトリックなのであった。言葉の偶然の一致が、歌の秩序にぴったりと当てはめられ必然化していく姿は、人々の心を捉えて離さなかった。今も昔も、人は偶然に起こる出来事に弄ばれ、かつ孤独に苦しめられながら生きざるをえない。どうにかそこから脱したいというあえかな願いを、言葉の上で見事に実現しているのが掛詞なのだ。これこそ定型文学・和歌の真髄ともいうべき「力」である。その意味で掛詞は、和歌の中心的レトリックと呼ぶにまことにふさわしい。そして次に見る縁語は、その性格をさらに発展させていく。

第四章　縁　語——宿命的な関係を表す言葉

定義の難しさ

縁語を定義してみよ、と言われると本当に困る。もちろんある程度の了解があるからこそ、縁語という用語をわかった顔をして使っているわけだが、実は和歌研究者の間でも、いざ実例を挙げてこの歌の縁語はどれでしょうと問われると、意外に人によって違いが出てきてしまうのである。つまりある語と語を縁語と認めうるかどうか、微妙な境界領域の例が生まれてしまう、ということだ。しかし、逆にいえば、それくらい曖昧な面を持つのだから、あまり細かいことに神経質にならず、基本的なところをおさえておけばよい、ということでもある。そこで今回は、間違いなく縁語と認められる例に限定し、禁欲的に考えてみることにしたい。ひとまず縁語の輪郭を鮮明にしたいからである。

では、仕切り直しをしてもう一度。縁語の定義の例を示すと、「一首の中である語が用いられると、その語と密接な関係を持つ語を選び用いることで、連想による気分的な連接をはかる手法」（和歌大辞典）などとある。この「密接な関係」というのが曲者である。例えば、

秋霧のともに立ち出《い》でて別れなば晴れぬ思ひに恋ひやわたらむ

（古今集・離別・三八六・平元規《もとのり》）

秋霧が立つのと一緒にあなたが旅立ち、お別れしたならば、心晴れない思いで恋い慕いつづけることになるのでしょうか。

ではどうだろう。関係があるといえば、「出で」と「別れ」など関係がありそうだ。別れれば恋しいから、「恋ひ」なども縁語か、などと思いかねない。しかしこれらは意味・文脈の上ではっきりとつながりがあるのであって、「連想による気分的な連接」ではない。これらが縁語ならば、みんな縁語になってしまう。正解は「秋霧」――「霧」だけでもよい――と「晴れぬ」である。霧は晴れないものだからである。そしてそのつながりは、けっして歌の文脈とは交わらない。「秋霧が晴れない」ことは、一首で表現したい意味・文脈の中には含まれず、両者はただ言葉の上だけで結びついているのである。この時、「晴れぬ」の意味が二重になっていることがなにより重要である。図示すれば次のようになる。

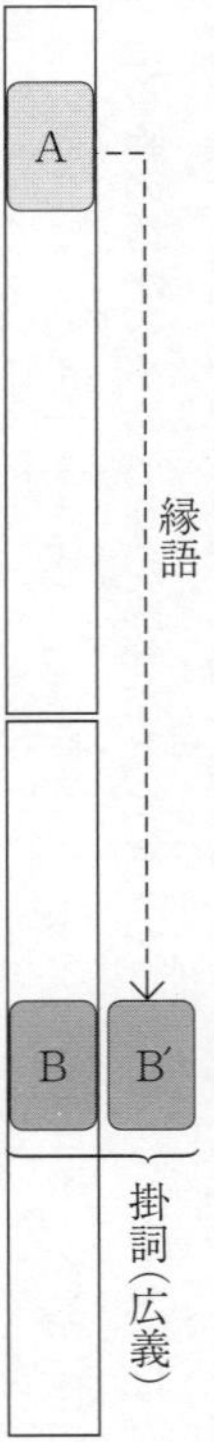

図4

縁語の一方であるBがB′に二重化していて、そのB′が縁語のもう一方Aと、文脈以外の関係(A- - -→B′)を結んでいることに注意してほしい。B・B′は、「掛詞(広義)」である。前章で見たいわゆる「掛詞」、すなわち「掛詞(狭義)」とは違い、文脈は二つに分かれていない。ただ「晴れぬ」が霧と心に分裂しているだけである。このように、BがB′に分裂していないと、文脈上の関係であるA→Bの関係と区別がつかず、特別な関係が成立しなくなってしまうのである。「晴れぬ」がもし「心晴れない」の意味だけしか持たなかったら、けっして「霧」と縁語にはならない。縁語と呼びうる特殊な関係が認められるためには、この二重性(掛詞(広義))と文脈の超越という二つの要素が欠かせないのだといえよう。

業平の発想を探る

次に、もう少し複雑な、しかし有名な例を見よう。『伊勢物語』第九段、東下りの条である。自分は無用者と見定めた「男」は、友人とともに、東国に居場所を求めてふらふらとさまよい出た。三河《みかわ》の国の八橋（現愛知県知立《ちりゅう》市八橋町）という所の川べりに降りたって乾飯《かれいい》（携帯用の乾燥ご飯）を食べたが、そこに「かきつばた」が美しく咲いていた。そこで、「かきつばた」という五文字を和歌の五句の先頭に据えて、旅の心を詠め、という題が出された。難問に対して「男」が詠んでのけたのが、

唐衣《からころも》着つつなれにしつましあればはるばるきぬる旅をしぞ思ふ

都に置いてきた慣れ親しんだ妻のことを思うと、はるばる遠くまで旅して来たんだなあと実感する。

という名歌である。『古今集』では在原業平の歌となっている。確かに、五・七・五・七・七の各句の最初の文字を集めてみると「かきつはた」となる（現代の活字本と違って、当時の写本には濁点がないから、清濁の差は無視できる）。これは「折句《おりく》」というレトリックである。おまけに、「唐衣」に対して「つま」（妻・褄）、「はる」（遥・張る）、「き」（来・着）が縁語となっていたりする。「褄」は着物の衿から下のへりの部分などを表すからであり、「張る」は衣を洗ったのち板などに張ることだからである。まるでマジックを見せられているかのような、人間離れした超絶技

巧であるが、しかし、まったく種も仕掛けもない、というわけではない。表現が制約されているというのは、逆に発想のヒントが与えられていることでもあるからである。

まず、折句として求められた「かきつばた」を図示するとこうなる。

か□□□□／き□□□□□□／つ□□□□／は□□□□□□／た□□□□□□

折句とは、結局右の空白を埋める作業なのだから、言ってみればクロスワードパズルの一種でもある。与えられたテーマは旅なのだから、最後の「た□□□□□□」は「旅」がらみでいけそうだ。問題はそこからである。和歌において、旅という題では何を表すか。都から遠く離れていること、つまり望郷の念あるいは旅愁を表現するのが、基本である。それが「みやび」(宮び＝宮廷風)なる旅の表し方だ。とすると、「つ」は、「妻(から遠く離れていること)」などが一つ、候補として浮かびうる。その時、作者はインスピレーションを得た。「唐衣」「着る」「褄」「張る」という、衣にちなんだ言葉なら、これらに適合すると。あとはそれぞれをいかに歌の言葉の流れの中に設置するか、という課題を克服するのみである。もちろん現実にはもっと試行錯誤が(頭の中で、にしても)行われたのだろうけれども。あれこれ言っているようだが、核心は、都に愛する妻がいるから(上句)、遠く離れての旅が悲しい(下句)、という内容である。たしかに縁語はたくさんちりばめられているが、一番大切なのは、この二つの内容を結合する縁語（具体的には、「棲」「張る」）であろう。これによって、妻を思うという形で旅愁がくっきりと定位された。おまけに、折句「かきつはた」の詠み込みによって、かきつばたの前にいる現在の心境として、その場の人の気持ちを代表して具現化したのである。今、この場所での、現在の心境を、できるだけ短い言葉で表現せよ、と求められたとして、私たちだったらどうするだろうか。普通の言葉では、ひどく難しいことではないだろうか。それを可能にするのが、こうした縁語などの和歌のレトリックであった。

だから、一行は皆泣いた。涙で乾飯がふやけてしまうほどだったという。現代を生きる私たちが、引っかかりを覚えるのは、こういうところである。妻を思う望郷の念はいいとして、こんなに技巧を尽くした歌に感動しすぎではないか。あれこれ言葉を工夫する余裕があるということは、それほどせっぱつまった心情ではないのではないか、という疑問である。意地悪くいえば、所詮言葉の偶然の組み合わせにすがった歌、と言えなくもない。が、話は逆である。偶然こそが大事なのだ。偶然の力、すなわち人の意思を越えた運命的な力によって、ある形がぴたりと決まる。その運命的な力を感じ取ることが、人々の心を一つにするのである。業平の歌は、たんに望郷の悲しみを表現しているのではない。望郷の悲しみが、今この場所での逃れがたい運命であることを、言葉において実現しているのだ。

衣河の西行

在原業平が生きた時代からおおよそ三百年ほど後、業平の精神を受けついだかのような詠みぶりを見せたのが、陸奥《みちのく》を旅した西行であった。おそらくは最初の陸奥修行の際、平泉《ひらいずみ》(今の岩手県平泉町)に到着した西行は、激しい吹雪の中、取るものも取りあえず、衣河《ころもがわ》へと向かった。安倍氏が奥六郡の南境とし、その安倍氏が前九年の役で源頼義《よりよし》に敗れた古戦場でもある。

十月十二日、平泉にまかり着きたりけるに、雪降り、嵐激しく、ことの外に荒れたりけり。いつしか衣河見まほしくて、まかりむかひて見けり。河の岸に着きて、衣河の城しまはしたる事柄、やう変りてものを見る心地しけり。みぎはこほりてとりわき冴えければ

とりわきて心も凍《し》みて冴えぞわたる衣河見に来たる今日しも　(山家集・雑・一一三一)

十月十二日に、平泉に到着した時には、雪が降り、嵐も激しく吹き、ひどく荒れた天気だった。早速に衣河が見たくて、出向いて行って見物した。河の岸に着いて、衣河の城柵を巡らした

様子は、別世界のものでも見るようだった。水際が氷りついて
とりわけ寒かったので、
とりわけ心も凍み氷るほど冴えわたっているよ。衣河を見に来た今日この日に。

「腋」「染み」「着」という「衣」の縁語、また「わたる」という「河」の縁語など、すべての句に「衣河」の縁語を配置している。技巧のための技巧ではない。陸奥の果て平泉の、初冬とも思えぬすさまじい冬模様の中、かつての動乱の歴史の舞台に立った体験を、縁語にすがることによって、ようやくに形にできた、という体である。縁語がなければ、とてもまとまるはずもなかった情念だろう。心も氷りつくほど冴えわたっている、衣河に来た今日という日に。ここでも主要なのは二つの内容である。それを縁語で取りまとめることによって、今、ここにおける感慨という現在性を強く押し出している。

コミュニケーションの具

縁語というのは、二つの内容を結びつけ、それによって今ここの場、という現在性を強く浮かび上がらせる、という機能を持つ。縁語は、『万葉集』には見られず——萌芽的なものはある、という意見もある——、『古今集』から数多く見られるようになる。それは恋歌など贈答

歌(Ⅱ―第一章参照)や、集団で何らかの行事を催している場で用いられた例が圧倒的に多い。つまり、現実を背景とし、その現実を詠みこもうとする行為と密接に結びついている。レトリックの中でも、技巧を弄する、という形容がもっとも当てはまり、現実の迫真性とは対極にあるような印象を与える縁語であるが、実は現実を表現するときに威力を発揮する技法なのであった。

原則的に縁語は、二つの内容を結合させる働きをするのだが、この点では、掛詞(狭義)とよく似ていて、まぎらわしい。ただ、掛詞(狭義)は、一つの語が意味的に二つの文脈それぞれに機能していた。縁語は、二重になっている語の一方(図4のB′)は意味にからまない。あくまでも語句レベルでの関係にとどまる。その分掛詞より融通が利くので、応用範囲が広い。掛詞を発展させた形式といってよいのである。

掛詞より応用範囲が広いということはどういうことなのか、そしてどういう働きをするのか、確認しておこう。

和歌というのは、そもそも作者の現在を表すものだ。作者の現在には、心境や感覚、あるいは現在の境遇など、さまざまなものがある。心境一つをとっても、現実には、過去を回想したり、将来への期待や不安を吐露したりと、ずいぶん揺れ動く。だからそれに即応することでリアリティが生まれるはずだが、反面和歌であるかぎり、これを一点へと収斂させなければならない。でなければ、短詩型の抒情詩である和歌は、解体の危機にさらされてしまうだろう。和歌らしさがなくなってしまう。当然、共感も得られない。

そこで一点に収斂させ、共感を喚起するために、縁語が用いられる。縁語の一方は、二重性を持つ。すなわち掛詞(広義)なのだから、ここにも「声を合わせる」機能が存在する。これがその場にいる人々の心を一つにする端緒となるはずだ。しかし縁語の場合、二重になった片方の意味は表面的には露わになっていないので、「声を合わせる」印象はどうしても薄くなる。それを補うのが、言葉の関係性だ。

そもそも、どんな言葉でも縁語になるわけではない。縁語の一方を構成する二重性を持った語(図4のBとB′)のうち、Bは作者の現在を表す。業平歌でいえば「妻・遥々・来」、西行歌でいえば「とりわきて・凍み・冴えわたる・来」である。物(B′)のつながりに引かれて縁語どうしをつなぎ合わせてみると、作者の現在がきちんと浮かび上がるようになっている。作者の現在のさまざまな要素が、一つにまとめられていく。必然的に、その歌を味わっている人間も、その現在に身を寄せるよう、誘いこまれていく。縁語は、相手に、あるいは複数の人々に、声を合わせ、身を寄せることを要求しつつ、作者の現在へと導く機能を持つ。そして共感を生み出す。すなわち、コミュニケーションの具なのである。

奇跡の一首

もちろん、縁語は贈答歌以外にも見られる。題を出されて詠む、題詠でも用いられるのである。次に、そうした一首を分析してみよう。

摂政右大臣の時の家の歌合《うたあはせ》に、旅宿《りよしゆく》に逢ふ恋といへる心をよめる

皇嘉門院別当

難波江《なにはえ》の芦のかりねの一夜《よ》ゆゑ身をつくしてや恋ひわたるべき（千載集・恋三・八〇七）

摂政（九条兼実《かねざね》）が右大臣であった時に、その家で催された歌合で、「旅の宿りで夜をともにした恋」という題を詠んだ歌

芦の茂る難波の入り江で、たった一晩かりそめの枕を交わしただけで、命をかけて恋い慕い続けなければならないのでしょうか。

有名な『百人一首』の歌である。和歌の専門家のような顔をしていると、『百人一首』のうちどれがもっともいい歌ですか、とか、一番好きな歌はどれですか、などと聞かれることがよくある。秀歌中の秀歌を集めたものなのだから、答えるのも容易ではない。そこで、情熱的な

歌ならこれ、楽屋話が面白いのはこれ、などとその場に合わせて返答するようにしているが、「一番うまい歌」として私が推薦するのは、この皇嘉門院別当《こうかもんいんのべっとう》の歌である。神がかり、といってよいほどのうまさだと思う。

『百人一首』に入って著名になったが、実は皇嘉門院別当は、もともとさほどの歌人ではない。『百人一首』の歌人となったのも予想外の幸運というべきで、彼女より歌力も実績も上回る歌人は、同時代の女流歌人に限っても、少なからず存在する。さては藤原定家《ていか》、情実にでも動かされたか、と疑いたくなる。だが、これは、歌そのものの出来栄えに定家が感動したからにほかならない、そしてそれは絶妙無類の縁語の存在による、と私はにらんでいる。

どういうことか。まず与えられた題、「旅宿に逢ふ恋」に注意しよう。旅先の宿りで契りを交わした、そういう状況を想定して恋歌を詠め、というわけである。「逢ふ」とは、もちろん対面しただけではなく、男女が夜をともにすることである。実は「逢ふ恋」だけでもけっこう詠みにくい。褥《しとね》を共にすることそのものは生々しすぎるし、逢えた喜びも表現しにくい。歌の世界では、恋とは逢えないもの、思いがかなえられないもの、とするのが普通なのだ。恋歌の中の恋は、いつも失恋でなければならない。しかも、「旅宿」という限定がさらに加わる。旅先での「恋」の思いとは、通常都に残した妻や恋人を思うものである。先ほどの『伊勢物語』の業平の歌を思い出してもらえればよいだろう。だから「旅宿」と「逢ふ恋」とはなかなかなじまないのだ。相当に厄介な題だというほかはない。

そこで皇嘉門院別当はこう考えた(のだろう)。旅先で一晩逢っただけなのに、こんなに恋しいなんて、という趣旨を詠もう、と。いいアイデアだ。問題はそれをどう表現するかにかかっている。仮に、

ただ一夜旅の宿りに逢ひにしを行末《ゆくすゑ》ながく恋ひわたるかな

などと詠んでしまえば、台無しだ。説明的すぎて、迫真性がない、と非難されるだろう。「旅」を「旅」と詠むからいけない。どこか都以外の地名を出せば、おのずと旅であることがわかるはずだ。そうだ、「難波」はどうだろう。難波といえば一面に生えた芦が有名なのだから、「芦」から「刈り根」(仮り寝)、「節《よ》」(ひと)夜)が、つまり一夜の逢瀬《おうせ》が導けるではないか。そういえば、難波江では、航路を示す水中の杭である「澪標《みをつくし》」(身を尽くし)、海を「渡る」(恋ひわたる)も付き物なのだから、これも恋心の表現に使えるだろう、などと言葉の縁が広がってゆく。

もっとも、広がったら広がったで、収拾がつかなくなるのが詩作の常というもので、言葉に弄ばれて、木に竹を接いだようなちぐはぐな歌になる危険性も十分にあったはずである。

ところが、まるでいい加減に選び出したジグソーパズルのピースがぴたりぴたりと合い続けるように、渋滞も屈曲も余剰もなく、すらりと言葉どうしがつながり、収まった。収まったと

いう結果から見れば、「難波江」「芦」「かりね」「夜」「身をつくし」「わたる」と次々に繰り出される縁語も、最初からそう予定されていたかのように、居るべき場所に居る、という印象を与える。とくに、「一夜ゆゑ」と絞り込んでいった直後に、一転して「身を尽くしてや恋ひわたる」と心が暴走していく呼吸は、感嘆する以外にない。一夜の出会いが運命的なものであり、それゆえ恋の懊悩が宿命にほかならなかったことを納得させる。厄介きわまる題が、人々にしっかり共有できる言葉に仕立て上げられたのである。これはもう皇嘉門院別当の技巧でもなければ技量でもない。この程度の歌人でも、歌の神に愛されたならば、こういう歌を生み出すことができる。藤原定家が一首をあえて選び出したのも、そう心動かされたからではなかっただろうか。

ついでにいえば、盆地に暮らす平安京の都市貴族にとって、芦の生い茂る、見渡す限りの湿地帯であり、おまけに遠く船出する地でもあった「難波」は、エキゾチックな語感に富んでいただろう。いつの時代も、エキゾチズムは最高の媚薬だ。『百人一首』でも、皇嘉門院別当の他に、二首も「難波」の恋歌が見られるのが良い証拠だ。もちろん重複感は否めない。それでもなお、定家はこの歌に執着したのであった。

前章の掛詞の説明で、偶然性の重要さを強調した。風景とわが身の言葉の偶然の出会いに、我々の生きる現実の存在の重みを転移していると考えたのである。掛詞と表裏一体のレトリックであり、かつその発展形式と見なされる縁語においても、偶然性はその生命である。いや、言葉から言葉が自己増殖してゆくような縁語のあり方からすれば、より運命とか、宿命とかいうべき感覚は強いかもしれない。生涯一度といってもよい秀歌を詠んだ皇嘉門院別当の例からもうかがえるように、すぐれた縁語には、人智を越えた宿命を感じさせるものがある。だからこそ、宿命に翻弄されながら生きざるを得ない人々の心を惹きつけたのだろうし、和歌そのものに日常を越える不可思議な力を供給したりもしたのだろう。

第五章　本歌取り――古歌を再生する

創造と模倣

創造、といえば一般にプラスのイメージである。進歩的・未来的であり、そこはかとなく希望の匂いまでする。反対に模倣といえば、マイナスのイメージがまとわりつく。創造性には乏しいが、模倣にたけた日本人などという批判に、私たちはずいぶん苦しめられてきた気がする。では、創造と模倣はけっして相容れないものだろうか。そんなことはない。神以外、誰も無から有は産み出せないように、創造にも、学習が必要である。学ぶとは「まねぶ」ことであり、「真似」つまり模倣が創造行為の前提となっている。先人を模倣したあげくの果てに、ようやく創造が生まれるのであって、でなければ、たんなる独りよがりとなるだろう。模倣と創造とは、相当に深いところで結び合っている。

和歌は何よりも伝統を重んじる。古い作品と表現を大切にする。できるだけ古くから受け継がれてきた表現にならおうとする。では、そこに新しさはあるのか。創造性は見られるのか。当然疑問が起こる。もちろん、表現行為であるからには、新しいものを求める気持ちがないはずはない。伝統をとことん尊重しながら、なおかつ新鮮な表現を生み出そうという意欲も、まぎれもなく存在した。そんな意欲から生まれたのが、本歌取りのレトリックである。ずいぶん贅沢な望みのようにも思われるが、そんなことが、どうやったら可能になるというのだろうか。まずは本歌取りの実例と定義を示そう。本歌取りを用いた作例として、とくにその理想例としてしばしば挙げられるのが、

駒《こま》とめて袖うちはらふ陰《かげ》もなし佐野《さの》の渡りの雪の夕暮（新古今集・冬・六七一・藤原定家）

私の上に降る雪を、馬を止め袖で払い落そうにも物陰すらない。ここは佐野の渡し場、雪の中の夕暮れ。

である。この歌は、

苦《くる》しくも降りくる雨か三輪《みわ》の崎佐野の渡りに家《いへ》もあらなくに

（万葉集・巻三・二六五・長忌寸意吉麻呂）

うんざりだな、このどしゃ降りには。ここ三輪の崎の佐野の渡し場には、家もないというのに。

という『万葉集』の歌を「本歌」として詠まれている。たしかに奈良時代に成立した『万葉集』の歌と、鎌倉時代初めの歌人藤原定家の歌とで、主題と言葉が共通している。主題はともに「旅」であり、旅の途中で悪天候にあう、という場面が同じく描かれている。共通する言葉は「佐野の渡り」だ。その他、万葉歌の「雨」は、定家の歌では「雪」になっているが、旅の中での苦しい障害、という点では変わらない。さらに、「家もあらなくに」と「陰もなし」も、避難する場所がないということでは、よく似ている。明らかに藤原定家が『万葉集』の歌をふまえたのだ。本歌取りしたのである。

何だ、物真似ではないか、と見切りをつけたくなった人には、ひとまず、長忌寸《ながのいみき》意《お》吉《き》麻呂《まろ》の歌の、旅中雨に降られ困り果てている、今にも走り出しそうな心情と動きを味わってもらい、その次に定家の歌の、しんしんと降る一面の銀世界の中で身に積もった雪さえ払えないでいる、困窮きわまった、なのにあくまでしいんと静かな世界を想像してみることをお勧めしたい。場所も主題も同じなのに、そのくせ情景はがらりと転換しているのがわかるだろう。この劇的ともいえる変貌のさまを思い描くことで、もう少し我慢して話を聞いてもらうこととしよう。本歌取りは模倣ではない。それどころか、定家の歌のお陰で、意吉麻呂の歌の特色や魅力がかえって鮮明に引き出されている。そう言ったら大げさに聞こえるだろうか。

類型と参考

本歌取りの実例は右に代表してもらうとして、次には本歌取りの定義だが、これが色々な要素を勘案しなければならず、実にやっかいなのだ。そこで、ざっくりと大づかみに捉えてみることから始めて、徐々に的を絞っていく戦法を採用することにしよう。最初に提案したいのは、

① 過去の和歌と同じ表現を用いて新しい歌を詠むこと

という定義である。たしかに右に引いた定家の本歌取りでも、『万葉集』の本歌と言葉が共通していたから、これで間違いとは言い切れない。基本的なイメージとしてはよいのだが、しかし、まったく言葉が足りない。最初に述べたように、和歌は伝統を大切にし、古い歌の表現に従おうとするのだから、「過去の和歌と同じ表現を用いて新しい歌を詠む」というだけでは、すべての和歌に当てはまってしまいかねない。いやそれでいいのだ、和歌は典型的な「古典主義」の文芸なのであり、本歌取りは和歌の本質を表しているのだから、と考えてみることもできるし、妥当性がないわけではない。だが、逆に本歌取りそのものがわかりにくくなってしまうのは難点だ。そこでここでは、十二世紀後半ごろから始まり、十三世紀に入るやいなや大流行した、歴史的現象としての「本歌取り」に絞って追究してみることにしよう。

例えば右のような定義をしてしまうと、次の例も本歌取りに含まれてしまう。

春霞《はるがすみ》立てるやいづこみ吉野の吉野の山に雪はふりつつ　（古今集・春上・三・読人知らず）

春霞はどこに立っているって？　吉野の、この吉野の山にはまだ雪が降り続くばかり。

の歌と同様、「み吉野の吉野の山」の句を持つ歌は、

み吉野の吉野の山の桜花白雲とのみ見えまがひつつ　（後撰集・春下・一一七・読人知らず）

など『古今集』以後も数多く詠まれている。和歌というのは、原則的に一首の中で同じ言葉を繰り返してはいけないのだが、独特な音調が愛されたのだろう、「み吉野の吉野」（「み」は褒め称える意を表す接頭語）は一つの類型と化して、何度も用いられたのであった。しかしこれを本歌取りとは言わない。類型を利用しているというべきである。和歌は大体において類型を利用する表現行為だから、これを本歌取りの範疇に含めると、広くなりすぎてしまうのだ。もう少し狭めてみよう。

そこで、次に、

② ある特定の和歌の表現をふまえて新しい歌を詠むこと

と限定してみる。ある一首の和歌の言葉を導入して歌われた和歌、と定義するのである。たしかにこれなら類型表現は排除され、かなり該当する歌は少なくなる。しかもその特定の歌こそ「本歌」に当たるはずだ。かなり本歌取りの特質に近づいては来た。だが、これでよいかというと、残念ながら、まだまだ膨大な和歌がこの定義に該当してしまう。先にも述べたように和歌は古典主義的文芸であり、既存の表現をふまえるのが揺るぎない基本であって、その場合の既存の表現とは、類型を指す場合もあるけれど、やはり特定の歌を指すことが多い。和歌というのは、さまざまな先行作品を参考にして出来上がるのである。

あるいはまた、次のような例も含まれてしまう。

春の夜の夢の浮橋《うきはし》とだえして峰にわかるる横雲《よこぐも》の空　（新古今集・春上・三八・藤原定家）

春の夜の、ゆらゆら浮橋のような夢が途切れ、ふと見ると、横雲が峰から別れてゆく。

という藤原定家の歌では、第五句に「横雲の空」という当時ではたいへん珍しい句を用いている。珍しいとはいっても、定家が初めて詠んだというわけではない。最初に詠んだのは、この五年前の、

霞立つ末《すゑ》の松山ほのぼのと波に離るる横雲の空　（新古今集・春上・三七・藤原家隆）

霞たなびく末の松山のあたりの空は、薄明の中ぼうっとなって、波から横雲が離れてゆく。

という藤原家隆《いえたか》の作品であった。定家はライバル家隆の発明に刺激され、私ならこうする、とあたかも挑戦するかのように、あえてこの句を用いたのであった。「特定の和歌の表現をふまえた」といえなくもない。だが、これは本歌取りではない。「本歌」に当たるべき歌が、新しすぎるのである。本歌取りは、古歌をふまえるものだ。伝統の再生なのである。この②に分類した例は、作者が歌を作る時に参考にした、という本歌取りより低いレベルをも含んでしまうのが問題なのである。逆にいえば、本歌取りは、作者が参考にすることにとどまらない、ということになる。その他に、何が必要なのか。

読者による完成

今度は、「春の夜の夢の浮橋」の定家の歌と、『古今集』の、

風吹けば峰にわかるる白雲の絶えてつれなき君が心か（古今集・恋二・六〇一・壬生忠岑）

風が吹くと峰から白雲が別れて途絶え、途絶えて冷たいのはあなたの心。

の歌をよく比べてみたい。定家歌の「峰にわかるる」と「雲」は、この古今集歌の表現をそっくり取り入れている。それだけではない。定家歌の第三句「とだえして」も、忠岑歌の「絶えて」を前提にして出てきた言葉だ。こうなると、はっきりと本歌取りと認定することができる。なぜ認定することができるのだろう。「峰にわかるる」「雲」が「絶えて」（定家の歌では「とだえして」）いくことが、本歌から導入されていた。二句プラス一語を取ったわけで、なかなかの分量ではあるけれども、ポイントはそれではない。

定家の歌をよく見てみよう。とくに上下の句の関係である。「浮橋」（水上に筏《いかだ》や舟をつなぎ合わせ、板を渡して作った橋）のように頼りない夢が途切れることと、峰から横雲が別れていくことは、論理的にはまったく関係がない。上句と下句は、それこそぷっつりと途切れている。ところが、本歌を思い起こして前提とすれば、「峰にわかるる雲」と「絶えて」の関係は、ともに同一の古歌の言葉だった、という事実でつながることになる。定家の歌だけ見ていてはよくわからなかった上下句の関係が、本歌の存在によって必然性が与えられる。あるいは根拠づけられる。反対に、本歌がなければ、定家の歌はしっかりとした必然性や根拠を持ちえない歌だ、ということになろう。本歌がなければ完成しない歌なのだ。本歌は、定家の仕掛けた暗号を解く、キーワードだということもできるだろう。

どの歌が本歌かわからなければ、本歌取りがわからない。なぜなら本歌は必然性や根拠を与えているからだ。ここに本歌取りの大きな特色がある。②の定義がどうして不十分だったかといえば、「表現をふまえて新しい和歌を詠む」などと、作者の側からの創作意識だけを問題にしていたからだ。作者だけではなく、読者も参加させなくてはならない。本歌を想起し、本歌取りを完成させるのは、実は読者なのだ。もちろん本歌取りした歌の方も、ああ、あの和歌をふまえたのだな、と読者が本歌をはっきり認識するように作られていなければ話は始まらない。かといって、本歌とは異なった新しい部分がなければ、新しい歌とは認められない。ただの模倣となってしまうだろう。諸事を勘案すると、次のような定義になろうか。

③　ある特定の古歌の表現をふまえたことを読者に明示し、なおかつ新しさが感じ取られるように歌を詠むこと

本当はもう少し盛り込みたいところなのだが、あまり煩雑では定義の用をなさないので、ひとまず右のように規定しておこう。肝要なのは、古歌と新しさが、同時にはっきりと読者に認識されることだからである。ただ、どうして古歌と新しさが共存できるのか、という理由もぜ

ひ一緒につかんでおいてほしい。本歌がはっきりそれとわかるほど導入されながら、それでも本歌取りした歌の新しさが成り立っている理由である。それは、本歌が新作歌に必然性や根拠を与えている、という事実にほかならない。これによって、本歌と十分に距離を取りながらも、しっかり結びついていることになるのである。

また、①・②で示した仮の定義については、それぞれ何といえばよいかというと、①の場合はよりどころとなった歌を「類歌」と呼び、②の場合は「参考歌」と呼びならわしている。①は類型的表現として既存の歌を利用している、というにとどまる。②は、作者が参考にはしたけれど明示まではせず、それを前提に味わってくれとまでは要求していない歌であり、当然新しい歌の表現に必然性や根拠を与えているとまではいえない歌のこととなる。

本章冒頭に掲げた、定家の「駒とめて袖うちはらふ」の歌と、その本歌である「苦しくも」をよく見比べてみよう。定家の歌は、旅の途中で雪にあった苦しみを歌ったものとして、本歌を知らなくても十分成り立ちそうだ。しかし、本歌が存在しなければ、どうして「佐野の渡り」にいるのか、その必然性がなくなってしまう。実は、「佐野の渡り」という場所は、本歌である『万葉集』の歌以降、定家が詠むまで歌に詠まれた形跡がない。つまりきちんと和歌を学んだ人であれば、長忌寸意吉麻呂の歌を思い出し、雨に降られた旅の憂苦を思い浮かべるべき場所なのだ。だから、はっきりと本歌は明示されていることになる。そして本歌があるからこそ、「佐野の渡り」という場が持ち出された必然性が生まれ、ひいては雨雪に降られる旅の困難さが説得的に浮かび上がる。一方で雨を雪に変えた斬新さも際立つ。新しさがくっきりと示されたのだが、そのために本歌の情景も輪郭鮮明に描き直されることになる。本歌と新作歌との間に相互的な関係が成立していることが、確かめられるだろう。

ひとまず本歌取りのあり方を、図解しておこう。

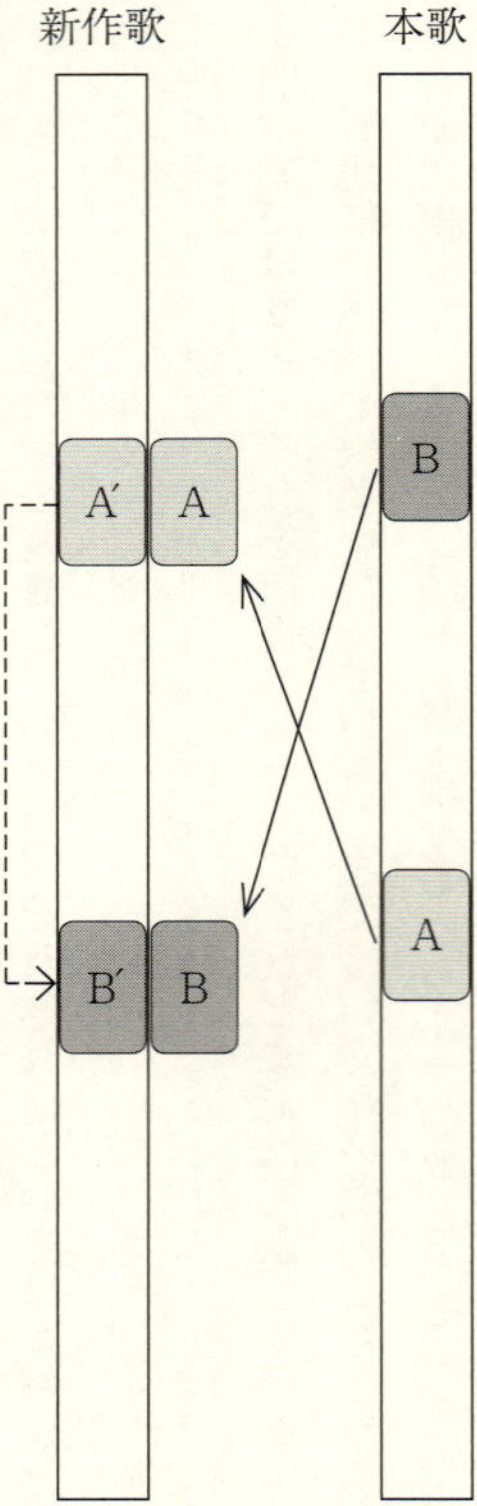

図5

古歌を盗む

本歌取りの第一条件として、本歌を明示することを挙げた。古歌を明示するという手法が、本歌取りを生み出す大きな転換点となっていた。模倣を脱却するための転換点である。

本歌取りは模倣に陥りやすい。たしかに模倣とよく似ている。紙一重の違いしかない。しかし話は逆なのかもしれない。本歌取りこそ、模倣を脱するために考案された技術だと思えてならないのだ。大きな影響を受けたものがあり、それに触発されて自分も何かを表現してみようとする時、自分なりの色を出そうと頑張れば頑張るほど、お手本に似てしまう。誰しもにある経験だろう。その時、私は○○から大きな影響を受けました、だからここから出発しますと、開き直ってはっきりと宣言することで、かえって模倣から脱することがしばしばある。本歌取りがまさにそれだ。

なぜそうなったかを理解するには、本歌取りが流行した『新古今集』(一二〇五年成立)の時代の少し前、院政期と呼ばれる平安時代の終わりごろの和歌界の状況を知っておいてもらう必要がある。このころ、平安時代中期ごろまでに確立した和歌の様式性が足枷となり、新しい歌を作ったつもりでも、どうしても古い歌に似てしまうという閉塞した状況があった。

その閉塞状況を端的に示すのが、「古歌を盗む」という言葉である。藤原清輔《きよすけ》の歌学書『奥《おう》義抄《ぎしょう》』(十二世紀前半の成立)は、古歌を盗んだ歌の例を挙げている。清輔は、名人が、それほど有名でない歌を、より良い歌に変えるならよい、そしてもとの歌の大半を取るのでなければよい、という条件付きで、これを認めている。彼が認めるのは、こういう例である。

清原深養父《きよはらのふかやぶ》

河霧《かはぎり》のふもとをこめて立ちぬればそらにぞ秋の山はみえける

川の霧が麓に立ち込めているので、秋の山が空に浮かんで見えるのだ。

三条大納言春宮大夫《とうぐうのだいぶ》(藤原公実《きんざね》)

ふもとをば宇治《うぢ》の河霧立ちこめて雲居《くもゐ》に見ゆる朝日山かな　(新古今集・秋下・四九四)

麓に宇治川の川霧が立ち込めているので、朝日山が空に浮かんで見えるではないか。

清原深養父は、後の歌の方の作者である藤原公実より二百年近くも前の人物だが、両首は、ともに山の麓を河霧が隠して、山頂部分だけがぽっかりと空に浮かび上がっている風景を描いている点では、寸分の違いもない。偶然にしては出来すぎというものだ。公実は、「これは、「河霧のふもとをこめて立ちぬるは」と云ふ歌を盗めるなり。歌はかくのごとくこれを盗むべし」と、深養父の歌を盗んだことを認めつつ、歌というものはこうやって盗んで詠むものだと、堂々と言い放ったという(藤原清輔『袋草紙《ふくろぞうし》』)。公実は、とくに場所を限定していない深養父の歌をちゃっかり取り入れ、その図柄を霧が立つことで有名な宇治川とその沿岸にある朝日山に設定することで、言葉のつながりが緊密で──例えば「雲居」と「朝日」は縁語である──かついかにも目に見えるような風景を描き出したのである。

公実の歌と、本格的な本歌取りとの違いは何だろう。「盗む」という言葉には、人に知られずに、というニュアンスがある。つまり古歌を利用したことを悟られずに、こっそりうまく作り変える、ということである。本歌を明示し、読者の作品への参加を前提とする本歌取りとは、その点で一線を画す。「盗む」例は、先の②の「参考歌」に属するものといえる。私たちが知るべきは、新しい表現をなかなか生み出せずに苦しんでいる状況がそこにあった、ということである。公実や清輔の方法は、本歌取りが確立する前夜の意識を示しているのである。そして、この「盗む」という方法に、古歌をあえて顕在化させるという逆転の発想を導入することによって、本歌取り技法は成長していった。明示することで読者が参加することが可能となり、読者が本歌と新作歌の相互的関係を育てていくことを可能にしたのである。

縁語と本歌取り

さて、本歌取りの図5を、前章の縁語の図4(八一頁)と、見比べていただけないだろうか。

本歌取りの図の新作歌の部分と、縁語のそれが、とてもよく似ていることに気がつくだろう。もちろん、こちらが意識して似せていることもあるのだけれど、歌の中のA′・B′の語句に、文脈を越えた関係が存在しているという点では、縁語と本歌取りはまったく同じなのである。ただ、縁語は言葉そのものの類縁性に依存するのに対して、本歌取りでは本歌によってそれらの語句の関係性が根拠づけられている、という違いがあるだけである。

つまり、本歌取りは、縁語の発展した形式である、と規定できる。ということは、A′・B′の語句に二重性が見られる、という点でも同じであることに留意したい。共通する語を通して、本歌と新しい歌とが二重になっているのである。だから、ここにも、「声を合わせる」ことを求める構造が存在する。本歌は、歌人なら誰しも暗唱しているような有名な歌である。でなければ、本歌取りをしているかどうか、最初からわからないだろう。本歌取りの歌は、本歌を暗唱し朗誦する声を重ねて響かせるよう、要求している。本歌を身につけ、いつでも暗唱することが可能な人、つまり同じ貴族的教養を身に付けている人と、同じ空間をともにする形が準備されているのである。その意味で、本歌取りにおいても、儀礼的空間が言葉で呼び起こされている、といってよいだろう。これまでのレトリックに共通する性格が、やはり本歌取りでも見られるのである。

贈答歌と本歌取り

右では、縁語と本歌取りとの関係の深さについて述べた。実は縁語と同様に、あるいは縁語以上に根本的なところで本歌取りに関わってくる和歌の詠み方がある。贈答歌である。相手に和歌を贈り、その歌に返歌をするのが贈答歌だが、これが本歌取りとかなり本質的につながっている。どういうことか。

先ほど挙げた「横雲の空」を詠み込んだ家隆の歌で説明しよう。定家のライバル心を刺激した作品である。

霞立つ末の松山ほのぼのと波に離るる横雲の空

何を隠そう、この歌も本歌取り作品である。本歌は、

君をおきてあだし心をわが持たば末の松山波も越えなむ

(古今集・東歌・一〇九三・読人知らず)

あなたをさしおいて、もし私が浮気心を起こしでもしたら、末の松山だって波が越えてしまうでしょう。

である。本歌から切り取ってきたのは、「末の松山」という陸奥の地名（現在の宮城県多賀城市にあったとされている）と、それを越える「波」の語である。もちろん、波は実際には越えていない。本歌ではありえないことの例であり、それで絶対に浮気をしないという誓いとなっているのだから。ところが家隆歌は、その波をまるで実景であるかのように取りなした。だから「末の松山」の「波に離るる横雲」はありえない幻想である。ありえないのだが、ぼうっと霞がかっている、しかも曙の時分の薄明の中なので、波から横雲が離れていくという幻想の風景を浮かばせても、誰も否定できない、というカラクリを持っている。言葉では描けるけれど、絵には描けない、幻想の図柄である。本歌を媒介にして、「末の松山」と「波」は縁語のように機能し、そのありえない幻想の絵に必然性を与えている。ここまでは、右に見てきたことの繰り返しで、本題は次からだ。

「君をおきて」の歌をふまえたのは、何も家隆が初めてというわけではない。

心変はりて侍りける女に、人に代はりて　　清原元輔

契りきなかたみに袖をしぼりつつ末の松山波こさじとは　　（後拾遺集・恋四・七七〇）

他の男に心を移した女に、捨てられた男に代わって詠んだ歌

約束したじゃありませんか。互いに涙で袖を絞るほど濡らして、絶対心変わりなんかしないって。

『百人一首』にも採用された、清原元輔《もとすけ》の一首。『新古今集』の時代の本歌取りとはだいぶレベルが違うが、これもまた広い意味では本歌取りの一種と認めることができる。③の本歌取りの定義にも当てはまる。そしてこの歌をよくよく「君をおきて」の歌と見比べてみると、まるで贈答歌のように思われてくる。女性は永遠の愛を誓って男性に「君をおきて」の歌を贈ったのだったが、その後結局心変わりしてしまった。その女性の詠んだ歌への返歌のような体裁なのだ。だいぶ時間を置いた返事となってしまうけれど、そこは、目をつぶってほしい。こういう、まるで本歌と贈答歌の関係になるように本歌取りした歌は、「贈答の体《てい》」の本歌取りと呼ばれ、本歌取りの基本的なスタイルの一つとされた。本歌の言葉を否定したり、疑問を呈したりといった、本歌を切り返す、あるいは本歌そのものが切り返しとなるような言い方が、贈答歌の表現の仕方によく似ているのである。そもそも贈答歌のうち、贈った歌の方を古来「本《もと》」の歌と言った。その用例の方が、本歌取りの「本歌」より古い。贈答歌から本歌取りが発展してきたことを、昔の人も知っていたのだ。だから、比較的古い時代からこの種の本歌取りは見られるのだが、新古今時代にも少なくない。

草も木も色変はれどもわたつうみの波の花にぞ秋なかりける

（古今集・秋下・二五〇・文屋康秀）

草も木も紅葉して色変わりしたけれど、大海の波の花には秋は来ないものなのだな、白いままだ。

を本歌取りして、

にほのうみや月の光のうつろへば波の花にも秋は見えけり

（新古今集・秋上・三八九・藤原家隆）

琵琶湖の湖面に月が映ると、何と波の花にも秋が現れたじゃないか。

ができた。秋になっても波の花は変化しないと歌う本歌に対し、いや、月が映ればそこに秋らしさが生まれるよ、と反論した。月は秋にもっとも光り輝くのだから秋のしるしだ、という論理である。明らかに「贈答の体」の本歌取りである。先ほどの定家の本歌取りに比べると、かなり素朴な方法である。しかしだからこそ、本歌取りの基本だといえるのである。

心を取るか、詞を取るか

前節では、

君をおきてあだし心をわが持たば末の松山波も越えなむ

という『古今集』の歌を本歌として、

契りきなかたみに袖をしぼりつつ末の松山波こさじとは　（清原元輔）

霞立つ末の松山ほのぼのと波に離るる横雲の空　（藤原家隆）

という、二つの違った方法による本歌取り作品を紹介した。どう違うのか、もう少しくわしく確認してみよう。元輔の歌は、本歌の、変わらぬ愛を誓った部分をそっくりそのまま受け継ぎ、その誓いを相手に確認している。だからこそ、心変わりした相手への非難の歌となり、まるで贈答歌のように感じられたのである。ここまででなくても、例えば、前節の「波の花の秋」の本歌取りのように、本歌の一部を移入してきて、それを否定したりする詠み方でよい。こういうふうに、一部であれ全部であれ、本歌の内容を前提とする詠み方を、古来、本歌の「心を取る」と称している。これを利用させてもらおう。「贈答の体」の本歌取りは、本歌の「心を取る本歌取り」と規定できる。

一方、「霞立つ」の方は、本歌から「末の松山」と「波」の語句を切り取ってきたわけだが、恋歌である本歌の中で持っていた意味合いは、きれいに拭い去られている。「波」だって、本歌が仮想の波であったとすれば、家隆歌は幻視された波とでもいえようか。わずかではあるが、ニュアンスも違う。要するに、本歌の文脈とは切り離して、歌詞だけ採用してきたのである。これも古くからの言い方に従って、「詞を取る本歌取り」と呼ぼう。あえて詞の字面だけ利用する方法である。

「場」から眺める

「贈答の体」の本歌取りは、本歌取りを二大別したうちの、「心を取る本歌取り」に該当し、古くから見られる、本歌取りのうちかなり基本的なものだと述べた。このことは、本歌取りの意義や価値を考える際にも、重要なヒントを提供してくれる。

まず取り上げたいのは、『枕草子』の例である。「清涼殿の丑寅《うしとら》の」の章段の場面、二月の桜のころ、内裏清涼殿の簀子《すのこ》(縁側)にも、満開の桜の枝を挿した瓶《かめ》が置いてある昼下がり、中宮定子《ていし》は突然女房たちに、「何でもいいから、今思い浮かんだ和歌を書きなさい」と命じる。新参者でもある清少納言は、おずおずと、

年ふればよわいは老いぬしかはあれど花をし見れば物思ひもなし

年月がたち私もすっかり年老いた。それは確かにそうだが、この瓶に挿した桜の花を見ていると悩みも吹き飛ぶのだよ。

（古今集・春上・五二・藤原良房）

の歌の「花」を「君」に変えて、差し出した。藤原良房の歌は、瓶に挿した桜の花を詠んだもので、その点で今回の状況とよく似ていたのだが、その歌をそっくり頂戴し、しかしたった一字だけ変えることで、「帝や定子さまのお姿を拝見していると、お婆さんの私も悩みなんか吹っ飛びますわ」と、主君を讃嘆する歌に変えてしまったのである。心にくいアイデアであろう。

もともと古代の貴族社会では、現在の状況に即した古歌がある場合には、新しい歌を詠むまでもなく、その古歌を引き、時には朗誦する、などということが行われていた。もちろん、あらゆる事情が古歌と一致するとは限らないから、その時は、替え歌よろしく古歌の一部を変えて詠むこともあった。その典型的な例である。「心を取る」という観点からいえば、これほど古歌の心を取ったものはないだろう。また働きの点では、斬新な機知でその場にいる人々の興を盛り上げる行為であり、一言でいえば、座興である。たんなる座興であって、本歌取りに含めることはできないという考えも当然ありうる。たしかに、新作歌が本歌に密着しすぎているので、一応厳密な意味での本歌取りの範疇からははずしておくのが無難だが、しかし、本歌取りの意義の根本はここにあろうと思う。すなわち、座興に、である。

つまり、本歌取りというのは、その基本として歌人たちの集まる場に興趣をもたらすという、場に規制される面を持つのである。先に、本歌取りの定義に即して、読者が本歌を前提とすることが不可欠、としたが、その読者は、本歌取りの歌が示されるに及んで、おっ、ここであの歌できましたか、あれをこう変えたわけね、と驚いたり、感嘆したりする。もちろん下手な取り方であれば、冷笑されてしまうだろう。そういう現場的な感覚が、まず基本にある。一般に本歌取りは美学的に捉えられる傾向があるが、根幹は美学にあるのではない。もっと行為的な、特定の場での営みとしてある。そのことを、もっとも美学的だとされがちな『新古今集』の本歌取りで考えてみよう。

「心を取る」本歌取りの最高峰——藤原家隆の場合

ここで再び藤原家隆に登場してもらおう。彼は、正治《しょうじ》元(一一九九)年冬に、当時左大臣であった藤原良経《よしつね》の家で行われた歌合で、「湖上冬月《こじょうのふゆのつき》」という題に出合った。湖の辺りに冬の月が出た、という情景を詠むわけであるが、ただそれらの素材を並べあげるだけではいけない。湖と、冬と、月。この三者を、何らかの必然性によって結びつけなければならない。相互の関係を根拠づけなければならない。一見難しそうだが、冬なら湖面も凍るだろうし、月の光は氷にたとえられることも多いから、「氷」などを出せばうまくつながりそうだ、というあたりまでは、それなりの歌人なら比較的たやすく思いつく。というより、これだけ状況を限定する題だと、氷を用いるほかにほとんど選択肢はないかもしれない。

その時家隆は、

さ夜《よ》ふくるままにみぎはや氷るらむ遠ざかりゆく志賀《しが》の浦波《うらなみ》

（後拾遺集・冬・四一九・快覚法師）

夜が更けるにつれ、水際から氷っていくのだろうか。志賀の浦ではだんだんと波音が遠ざかっていくように聞こえる。

の歌があることを思い出した。この歌を本歌とすれば、琵琶湖――「志賀の浦」は琵琶湖の西岸にある――と氷の結合を保証してくれるはずだ。悪くない発想だ。だが、独創的ともいえない。現に、同じ場で藤原良経は、

志賀の浦の汀《みぎは》ばかりは氷にてにほてる月を寄《よ》する白浪

（秋篠月清集《あきしのげっせいしゅう》・冬）

志賀の浦は水際ばかりが氷って、氷らない中心部では、湖面に映った月を白浪がうち寄せている。

と詠んでいる。明らかにこれも、快覚《かいかく》法師歌の本歌取りである。ただし良経の歌は、本物の氷は水際だけで、湖面に氷と見えるのは、月光を映した波が寄せているのだったという。「月を寄する白浪」というあたりは、なかなか工夫したなあと思うのだが、一首の内容の骨組み全体をそっくり本歌に依存しているので、いま一つ本歌からの飛躍に乏しい。ましてや、本歌を揺さぶるような迫力はない。水際から凍るので波音が遠ざかっていくように聞こえる、という本歌の趣向の印象が強烈で、そこから離れにくいということなのだろう。では、家隆はどうしたか。

志賀の浦や遠ざかり行く波間より氷りて出《い》づる有明《ありあけ》の月　(新古今集・冬・六三九)

志賀の浦の遠ざかって行く波間から、氷りついて出てきた、有明の月。

「志賀の浦や遠ざかり行く波」というのは、本歌の下句をひっくり返して上句に配置しただけで、むしろ良経の歌よりも、本歌への密着度ははるかに高い。まずは半身をどっぷり本歌に沈めてみたのだ。ところが、その「波間」から有明の月が「氷りて出づる」としたことで、鮮やかな転換が用意された。まるで本当に月が氷りついているかのようではないか。そして、この歌に逆照射されて、快覚法師の歌自体も変わる。個性的な機知だけが注目されてきて、趣向性のみがこの歌の美質だと誤解されかねなかったのだが、その危険を脱して、再びさむざむと冴え返った体感を回復したのだ。本歌取りは、古歌の魅力も再生させるのである。本歌の内容はそっくり取り入れていて、「贈答の体」の応用編ともいいうるが、ともあれ、「心を取る」本歌取りの最高度の達成といえよう。研ぎ澄まされた座興、である。

「湖上冬月」の題を得て、快覚法師の歌を想起することはそれほど独創的なアイデアではなかったが、そこであきらめず、じっくりと突き詰めていって、とうとう模倣の限界を突破していった。何という粘り腰だろうと、藤原家隆の姿勢には感心せざるをえない。歌会の題詠という場の中でこそ、本歌取りの工夫は生動する。本歌取りという仕掛けが、題を根拠づけるからである。そして本歌にとことん寄り添っていくことが逆に新しさをもたらし、それが本歌そのものにも輝きを与える。だからこそ、本歌取りは古歌に敬意を払おうという試みにほかならないのである。

定家理論による実験

本歌取りにおいて、本歌はあらわに取られていなければならない。そして新しさがなければならない。矛盾しそうな両者は、どうしたら共存できるのだろう。

本歌取りがもっとも流行した時期、すなわち『新古今集』前後の時代（十三世紀初め）の人々も、このことには悩まされていた。本歌取り技法の完成者などといわれる藤原定家も、かなり気を使っていた。彼は弟子に和歌の詠み方を教えた書物『詠歌大概《えいがのたいがい》』の中で、本歌を取るにあたって、模倣を回避するために次のような方法を採用することを勧めている。

① 最近七、八十年以内の人の歌句は、一句たりとも取ってはならない

② 古人の歌は取ってもよいが、五句中三句取ってはならない。二句プラス三、四字までなら許される

③ 本歌と同じ主題にすると新鮮味がなくなる。四季の歌を恋や雑の歌に変えるなどすると、非難されない

①はいわゆる「盗用」を避けること、いわば著作権の侵害を回避せよということである。誰もが知っている、あるいは知っているべきである「古歌」なら、盗用を避けうる。歌人の共有財産となっているからである。一方②などは、ずいぶん細かい規定だと驚かされる。③の具体例を挙げての説明と合わせてみると、抽象的な理念ではなく、かなり実践の中で練り上げられ

た方法論なのだと推測される。では、この方法に従うとどのように本歌取りが詠めるものなのか、作者の意識を想像しながら実験してみよう。

例えば、「夏」という題で歌を詠まなければならなかったとする。夏といえば、もっとも中心となる素材はホトトギスである。古来どれほど多くの歌が詠まれてきたことだろう。よほどひねくり回さない限り、なかなか新味は出てこない。そこで本歌取りを試みてみることにしよう。本歌取りするなら有名な古歌でなくてはならない。それなら何といっても『古今集』である。同じ夏の歌を取ると新味が出にくいというのだから、四季歌とは対極にある恋や雑の歌から探そう。すると、恋の部の冒頭の歌がそうであった。

時鳥鳴くや五月のあやめ草あやめも知らぬ恋もするかな

序詞の章に既出の歌である(三九頁)。恋心を表す下句は今除いて、上句「時鳥鳴くや五月のあやめ草」が本歌取りしうる対象である。ただこれだと定家の禁じた「三句に及」ぶことになってしまう。そこで、初二句「時鳥鳴くや五月の」のみを取り出すことにする。あと三、四字まではよいということなのだから、「あやめ」までは導入可能である。ただし、本歌と同じ場所に同じ句を置くとさすがに似すぎてしまうから、置きどころを変えた方がいい。また、同様の理由で「あやめ」もこの二句に続けない方がよかろう。つまり、

1□□□□□　2□□□□□□□　3ほととぎす　4鳴くや五月の　5□□□□□□□

となり、1、2の句のどちらかに「あやめ」を入れられる、ということになる。ここまでは、藤原定家理論に従って、ほぼ自動的に答えが出る。あとは、「あやめ」のあるどういう状況の中でホトトギスを鳴かせるか、時間と空間を決めていけばよいはずである。しかし歌人でもない著者にはこれが限界だ。そこで、定家の影響を受けた中でももっとも才能のある歌人に教えを乞おう。藤原良経である。問題はホトトギスを、いつ、どこで鳴かせるかだ。そして「あやめ」とどう関わらせるか、だ。

彼はこう発想した。雨をおけばよい、と。五月の雨、すなわち五月雨《さみだれ》である。確かにホトトギスと五月雨は付き物だ。しかし、それだけではない。雨によって湿度が増し、「あやめ」――よく間違えられるが、花の美しい現在のアヤメではなく、サトイモ科のショウブである――が一段と薫る空間を打ち出したらどうか、と思いついた。この鋭い着想を得た段階で、歌の骨格はおおむね定まった。では、いつ鳴かせる？　本歌が恋の歌だから、その本歌の情趣をただよわせる夕暮時(恋人たちが逢う時刻)、とするのは、それほど難しいことではなかっただろう。複雑なイメージたちの断片が、ぴったりと隙間なく配置されて、次の歌が出来上がる。

うちしめりあやめぞ薫るほととぎす鳴くや五月の雨の夕暮

（新古今集・夏・二二〇・藤原良経）

しっとりと空気が湿り、菖蒲がつんと薫ってきた。ホトトギスが鳴く五月の雨の夕暮れ時に。

鬱々と五月雨の降る夕暮れ、たまさかに鳴いたホトトギスに呼応するように、湿り気を帯びた菖蒲の香がひときわ薫ってきた、という映像を浮かび上がらせたのである。虚構に虚構を重ねておきながら、最後に現実以上のリアリティにたどりついたのだ。

心も詞も取る本歌取り――定家の場合

もう一つ、定家の本歌取り代表作品を引こう。

あしひきの山鳥の尾のしだり尾のながながし夜をひとりかも寝む

（拾遺集・恋三・七七八・柿本人麻呂、万葉集・巻十一・二八〇二・作者未詳）

山鳥のしだれた尾が長々しい――長々しい夜を独り寝しなければならぬのだろうか。

を本歌として、定家は、

ひとり寝る山鳥の尾のしだり尾に霜おきまよふ床の月影
（新古今集・秋下・四八七・藤原定家）

独り寝をする山鳥のしだれた尾に、霜が迷い置いている。寝床を月影が照らす中。

の一首を詠んだ。「山鳥の尾のしだり尾」はそっくり本歌の言葉にすがったものである。だが、本歌では序詞（「あしひきの山鳥の尾のしだり尾の」）の中に置かれた仮想の言葉にすぎなかった。一方定家歌では、実在的に描かれている。もちろん幻想の図ではあるけれど。その上で本歌の世界にはなかった「月」という題材を対置した。この「月」こそがこの歌の主題である。だから、月が加わったというより、予想もしなかったような古歌の言葉を、迷路のように潜り抜けながら、とうとう最後に、中心である月にたどりついた、ということになる。そこに着地するまでの間の、アクロバットを思わせる空中演技が、この歌の見どころである。

定家は、本歌と月の媒介として「霜」を配置した。ところが、この霜がよくわからない。独り寝の床に霜が置いている、とも取れるし、月が照らして霜のように見えているようでもあり——月と霜は伝統的に互いに見立てられる——、また霜を月が照らしていてもよさそうだ。どれかわからず、そのどれでもある、というのがむしろこの歌の味噌なのだろう。「おきまよふ」

というのは、基本的には「乱れ置いている」という意味だけれども、「まよふ」の語が利いていて、月なのか霜なのかわからない、というニュアンスを生み出す。迷うからこそ、月も霜ももしかしたら現実なのかもしれない、という気分を喚起する。その時、歌の言葉は一種の事件となって迫ってくる。古臭い本歌も、月と霜というお定まりの見立ても、意図的にしつらえられた昏迷の中に巧みに配置されることで、いつの間にか強い現実感をかもし出すのである。

定家の本歌取りは、本歌の心も大切にしながら、しかしそれへの執着を軽々と断ち切って、本歌の詞に、まったく新しい照明を当てる。心も詞も取る本歌取り、といえばよいだろう。

再生する本歌

藤原定家の本歌取りは別格としても、優れた本歌取りをしてみせた作品には、共通する特徴がある。それは、本歌取りされることによって、本歌自体も新しい魅力を見せ始める、という点である。隠されていた美質が改めて発見されたような、といえばよいだろうか。この点がパロディなどとは違うところで、パロディのネタにされると、しばしばそのものの重みが薄れてしまうことがある。模倣ともやはり違う。模倣されるくらいだからすごいのだろう、と思うことはあっても、模倣が新たな魅力を引き出すことは、まずない。だが、本歌取りでは、従来それほど目立たなかった古歌を、鮮やかに蘇らせることすらある。これはおそらく、本歌と本歌取り作品との関係が、古歌から新作歌へという一方的なものではなく、お互いに影響を与え合う、双方向的なものだからなのだろう。優れた本歌取りの営みによってはじめて、本歌は新たに発見され、再生するのである。

なぜ再生するかといえば、本歌が新作歌に必然性や根拠を与える、と述べた本歌取りの特徴がそこに関わってくる。本歌取り歌を成り立たせる始原の位置に、本歌が立つからである。本歌があるからこそ新作歌が存在する。本歌は、新作歌に存在意義を供給するものとして、価値の源泉となる。いわば新作歌にとっての、憧れの対象となるのである。本歌取りとは、古歌への憧憬を形にしたものだということができよう。ただし、とくに「詞を取る本歌取り」の中には、ただ古歌の詞を切り刻んで貼り合わせただけ、という作品も見られる。その場合、古歌は消費されているのであり、再生しているとはいえない。詞に頼る本歌取りは、反面とても危うい方法でもあるのだ。

本歌取りの時代的意味

本歌取りとは直接関わらないが、「制詞《せいし》」という戒めが、鎌倉時代から言われ始めた。『新古今集』の時代の優れた和歌表現に限って、再び使用してはならないという制限である。本章に引用した和歌で言えば、定家の「雪の夕暮」(新古今集・六七一)や家隆の「波に離るる」(同・三七)、良経の「あやめぞ薫る」(同・一二二〇)などの句が制詞とされた。いわば、歌詞の著作権を保護しようというのである。先の「古歌を盗む」という詠作方法と併せて考えると、背後に和歌表現を私有財産のように見なす観念が存在したことがわかるだろう。

古代社会から中世社会へと移行する過程で、個人の、個人による表現とでもいうべき、歌の言葉の個人性が表面化してきた。類型表現を大事にすることも、伝統を重んじることも、つきつめれば表現を集団のものと見なすことだから、この時代に和歌表現が大きな矛盾をはらむようになったといえる。和歌にとって危機的状況である。本歌取りは、個性を生かしつつ古い物を尊重するという、危機脱出を賭けて編み出された方法であった。

和歌的レトリックとは何か――まとめの講義

言葉の二重性

教授　以上、和歌のレトリックを説明してきたけれど、わかってもらえただろうか。

学生　そこそこ、というところでしょうか。全部を一言でまとめていただけると、もっとわかった気になりそうなのですが。

図1

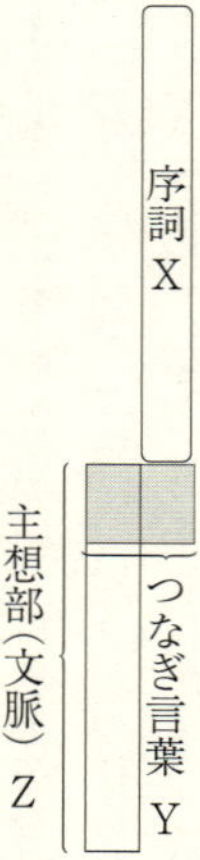

図2

教　全部？　またずいぶんと難題を吹っ掛けてきたね。たしかにそれぞれ関係は深いけれど、そもそも統一的な意識で生まれたものではないんだから、それは無茶というものだよ。

学　そこを何とか。やっぱり一度は、全体をイメージしてみたいですから。

教　では、無理を承知の上でやってみ

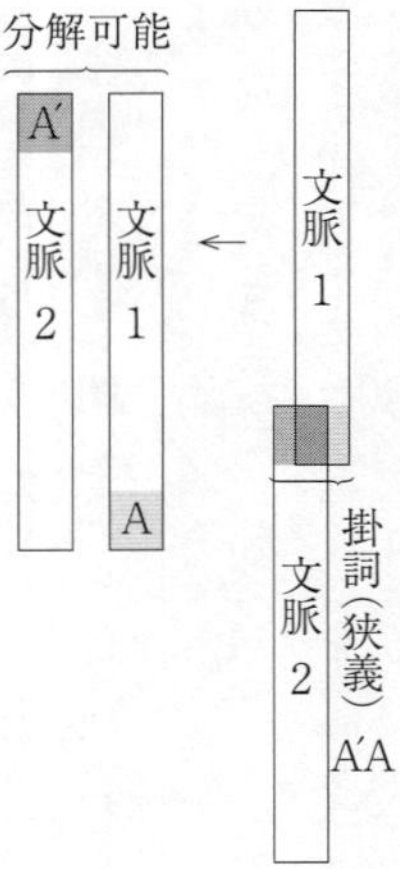

図3

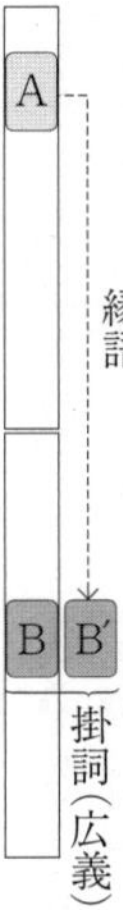

図4

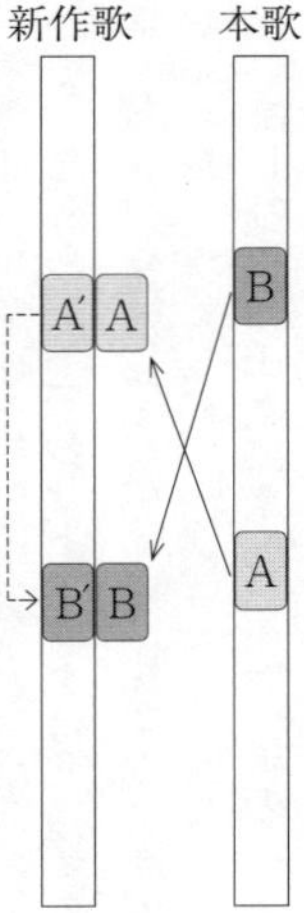

図5

よう。本文中で述べたレトリックについて、その図解したものをもう一度並べてみる。まず、上の五つの図の、網かけの部分に注目してほしい。二重になっていることが確認できるだろう。

学　図3の掛詞(狭義)のことですか？

教　確かに掛詞(狭義)が典型的だが、こんなに見事に重なっていなくても、枕詞における「被枕」、序詞における「つなぎ言葉」、縁語におけるBB′(掛詞(広義))、そして、本歌取りにおける、本歌と新作歌で共通する語、全部二重になっている。そこで、

①　和歌的レトリックの基本は言葉の二重性にある

ということが、まず第一に確認できる。一つの語句が二つの別々の働きを持つ点において、これらすべてのレトリックは共通するわけだ。

学　ちょっと待ってください。枕詞や序詞の場合も、本当にそうですか。例えば、

あしひきの山鳥の尾のしだり尾の

の場合、枕詞が「あしひきの」であるのはよいとして、被枕の「山」が二重になっていると言うんですか？

教　そう考えてみる、ということだ。呪文に似た「あしひきの」が「山」を呼び起こす。その呼び起こす声の残響と、「山鳥の尾の」以下の文脈とが、「山」の所で重なっている、という具合に。

学　声の残響、ね。うーん。

教　まあ、最後まで聞いてごらん。次へ行くよ。

文脈外の関係との共存

教　さて、ではこの二重性は何を意味しているだろうか。テープのごとき細長い□で表された四角形、すなわち一首の文脈(言い表したいこと)との関係に気をつけて

みよう。前記の二重性のうち、片方は［　　　］すなわち文脈の中に収まっているが、もう一方は文脈の枠組みの外に存在しているだろう。ここがポイントとなる。同じ形をもつ二つの語が合体もしくは接着している。

学　同じ形？

教　同音異義語だけでなく、まったく同じ語も二語とカウントするということ。言葉の機能が二重になっているのだからね。そして二つの語のうちの一つは、和歌の中で表現したい内容（文脈）の流れの中に組み込まれていて、もう一つは、それとは別の意味や働きを持っていることが重要だ。つまり、こういう風にまとめられるだろう。

②　和歌的レトリックには、文脈と、文脈とは別の関係とが共存している

学　「関係」というのは？

教　関係と言ったのは、一語だけが文脈から突出しているだけではなくて、必ず別の語句との結びつきが生じていて、それが文脈とは別次元のものとなっているからだ。縁語の図におけるA‐‐‐→B′の関係や、本歌取りにおけるA′‐‐‐→B′の関係などによく表れている。枕詞でいえば枕詞と被枕との関係だし、序詞でいえば序詞とつなぎ言葉の関係のことを指す。

学　掛詞（狭義）の場合は、文脈に収まっているように見えますが。

教　一見ね。でも、文脈1の中にあるAはけっして文脈2には収まらず、逆にA′は文脈1とは別であって、やはり文脈とは別の関係を含んでいることが確かめられるだろう。要するに、意味の流れ(文脈)に対して、ある語が強い違和感を与える形で配置されている、ということだ。

学　その「文脈に対して、違和感を与える形で配置する」を言い換えると、「文脈の流れと、文脈とは別の関係を共存させる」ということなんですね。何となくわかりました。それにしても、こうすることによって、どういう現象が起こるのでしょう。レトリックの働きというか、レトリックの価値や意義のことですが。

教　和歌的レトリックは、いわば文脈という意味のまとまりの世界を破って、穴をあけている。そしてそこに文脈外の関係を持ち込む。普通文章というものは、語句を組み合わせて一つのまとまりある意味世界を形作る。そういう間接的な手順をとって相手に伝えられていく。ところが、その文脈外の関係を担う言葉は、意味のまとまりを経由することがない。だからストレートに相手に届けられる。相手は、概念化を経ることなく、その語をその場で、直接身をもって受け取るしかなくなる。歌の言葉そのものが、発せられるやいなや、ただちに存在感を持って迫ってくる。

あしひきの山鳥の尾のしだり尾のながながし夜をひとりかも寝む

であれば、「山(鳥)」(枕詞の被枕)や「ながながし」(序詞のつなぎ言葉)が、いやおうなく前面に押し出されてくる、という具合に。つまりレトリックは、言葉を、意味や概念に迂回させることなく、迫真性をもって相手に訴えかけるという意義を持っているわけだ。

声を合わせる装い

学　文脈外の関係が持ち込まれるから、というだけでは、なぜそんな迫力が生まれるのか、正直わかりにくいですね。

教　そこで強調したいのが、「声」という要因だ。「言葉の二重性」とは、広い意味での掛詞、つまり同音異義語の重ね合わせに基づいていた。だから音の一致に支えられていた。二つの語の音が一致し、なおかつ同時にそれが出現する時、人は自然と、声を合わせて読みあげていることを想像する。複数の声が重なり合い、響き合う、そういう空間が立ち上がってくる。

学　待ってください。飛躍しているなあ。言葉どうしの音が一致したからといって、どうして人の声を合わせることになるんですか。そもそも、どんな言葉だって、声を合わせて読めば「複数の声が響き合う空間」が立ち上がるじゃないですか。

教　その通り。どんな言葉でも実際に声を合わせて読めば、特別な雰囲気を生み出す。だからこそ、実際に声に出さなくてもそういう雰囲気を生み出せる力が、レトリックをレトリックたらしめる要因になっているわけだ。その前の質問は、言葉の音の一致が、どうして人の声を合わせることになるか、だったね。これは実際読みあげてみれば、難なく実感できることだろうと思う。論理の流れからいえば容易に結びつかない言葉が強引に並んでいる。だからこれを結びつける根拠が、読みあげている自分にしかないことが、すぐにわかるはずだ。声を出している自分のからだで支えるしかない。ほら、読みあげた時の自分の声をよくよく聞いてごらん。不思議なことに、「ながながし」など、二重になった言葉の所で、自然と声がダブっているかのように感じられないかい？　まるで自分と誰かが声を合わせているかのように。問題はそういう意識の方だから、本当に声を出さなくても、心の中の声でも十分だ。

「音」の一致だけではなく、さまざまな方法を援用しながら、和歌がかつて歌(song)であったという集団的記憶をかき立てるのであって、そのあたりの経緯も、本文では説明しておいたつもりだ。ともあれ、声の一致というのは、あくまで擬制的なものであって、必ずしも本当に声を合わせる必要はない。むしろ現実に声に出したら異なってしまう掛詞だってある(「流れて」と「泣かれて」など)。合わせているかのように仕組まれていることの方が重要だ。声を合わせているかのような気分にさせる、すなわち、声を合わせることを言葉で装うわけだ。そこで、

③　和歌的レトリックは、声を合わせることを言葉で装う表現である

これを第三の特色とすることができるだろう。

学　でも、「装う」という言葉は引っ掛かります。実際とは異なるのに、表面だけ取り繕っている感じがして。

教　違う、違う。本当に声を合わせなければならないのだとしたら、けっこうやっかいだろう。複数の人が同じ場所にいて、気持ちを一つにする必要がある。そんな現実的な諸条件が揃わなくても、いつでもどこでも、言葉から、声を合わせているような特別な空間を再現可能にするのが、和歌的レトリックなのだ。雰囲気を作り出すだけなら、言葉でも可能だろう。具体的な場に縛りつけられるはずの一回的な行為を、普遍的なものに変換する行為をさして、「装う」と言ったわけだ。むしろ具体性を越えて本質的なものを立ち現すということであって、けっして表面だけのものではない。

学　「装う」というのは、先生の言う「演技」と関わりますか?

教　わかってくれてありがとう。個別具体的な行動を普遍的に理解可能なものにすること、

確かに、それが私の言う演技だ。

和歌は儀礼的空間を呼び起こす

教　さて、では①～③をまとめるとどうなるか。言葉の二重性を生かして、文脈と文脈外の関係を共存させ、まるで声を合わせているかのように装う。我ながらずいぶん強引なまとめ方になってしまったけれど、まあ、無理は承知の上で、と断っておいたから勘弁してほしい。もしこのまとめが正しいとしたなら、その時に何が起こるだろうか。ある意味のまとまり(文脈)が、意味が了解されることとは別個に、まるで声を合わせているかのような気分によって共有される、という現象が起こっているだろう。

声を合わせるとは、他者と心を合わせるということである。したがってそこに他者と共有する空間が立ち現れることになるだろう。別に人がいようといまいと空間は存在するけれども、そういう物理的な空間ではなく、複数の人間が関係し合い、協調し合ったり反発し合ったりする、能動的な意識に満たされた空間である。もちろん、声を合わせる場なんて、普通の空間とはいえない。いかにも特別な、日常生活を離れた空間だ。役割意識に満ちた演技的な空間といってもよい。これを私は、儀礼的空間と呼んだ。和歌的レトリックとは、儀礼的な空間を演出する言葉なのであった。

そこで、最終的にこうまとめることにしたい。

④ 和歌的レトリックとは、儀礼的な空間を呼び起こす表現である

どうだろうか。

学 儀礼的空間というと、卒業式とか、お葬式とか。

教 そういう冠婚葬祭の空間だけでなく、演奏会場や芸事の行われている空間でもいい。あるいは、こうして対話している君と私の空間でもいい。君は学生という役割を、私は教師という役割を演じているわけだからね。教室というのは、実に演技に満ちた儀礼的な空間だと、常々感じている。むしろ演技性の高さと、教育効果の高さは相関しそうだ。そして実は、和歌というのは、教育と深く結びつくことで生きながらえてきた、という歴史もある(Ⅱ—第五章参照)。

どうだろう。正岡子規だけでなく、現代の我々が、和歌的レトリックにある種のわざとらしさや仰々しさを感じるのも、儀礼的空間の匂いをかぎ取っていたから、と考えてみては。逆に、儀礼的空間の中での、うやうやしい演技なのだと見なすことで、ずいぶん和歌的レトリックに対する違和感は減少するだろう。真摯に演技しているというリアリティを持つことになるのだから。

学 でも儀礼的というのは、堅苦しそうですね。

教　「儀礼的」の意味を、年賀状の儀礼的やりとりはやめにしたい、などという時の、中身を伴わない形式だけのもの、と決めつけないでほしい。例えば、葬式という場でなら、いい年をした大人が号泣することも許されるように、儀礼的な場は、現実の場では排除されがちな純粋な感情を発露することをも可能にする。むしろ他者との充実した感情のやりとりで満たされた空間でもあるのだ。純粋で充実したものとは、基本的に一回的で危ういものだから、おのずと形骸化もしやすく、形骸化すれば堅苦しくもなるだろう。あ、ついでにいうと私は、年賀状をつまらない儀礼だとは思ってないよ。もしかしたらもう一生会う機会がないかもしれない人とも、一年一回、一言ずつ対話ができるなんて、むしろロマンチックだといえるかもしれない。

学　卒業しても年賀状くらいよこせ、ということですね。それから、オヤジの駄洒落がその場の空気を凍らせるのも、異様な儀礼的空間を勝手に呼び起こすからなんですね、掛詞に似ているし。

教　それはちょっと違うような……。ともあれ、レトリックはあくまで言葉の問題だが、現実にも和歌は多くの儀礼的空間を伴っている。後半では、それを解説してみよう。

Ⅱ　行為としての和歌

和歌を言葉の世界だけに閉じ込めてしまって、よいものだろうか。

第Ⅰ部では、和歌のレトリックについて概観した。それらは、意味の文脈を越えて、人々に直接訴えかけるような力を持っていたことが見えてきた。だから和歌を言葉の芸術としてのみ考えることは、正しくないということになる。和歌は現実の空間の中に生起する、出来事であり、事件であるという側面を持つのである。

そこで気になるのは、現実の場の方から和歌を見たらどうなるのか、ということである。さまざまな現実の儀礼的空間が、和歌のまわりには存在する。その中で、和歌は生まれ、受け止められ、活用され、学ばれてゆく。そういう空間の中で和歌は生きていたのであるから、たんに言葉としてだけではなく、和歌にまつわる人間の行為のあり方も、和歌を知る上で不可欠であるということになるだろう。いや、いっそそういう行為をも含めて、広く「和歌」という名を与えたい気がする。私たちは、陸に上がった魚をその通常の姿と誤解するごとく、三十一字の言葉を和歌の本来の姿だと誤って認識していたのかもしれない。水中を躍動するのが魚本来の形姿であるように、さまざまな場で人の営みとともにあったのが和歌の正しい姿なのだろうと思う。そして和歌の言葉が、虚構であると同時に現実の場を股にかけていたように、和歌を取り巻く現実の行為も、所作・進退・身ぶりと呼ぶにふさわしい、虚構と現実の相半ばする、演技的な行為なのであった。

具体的には、まず二人の歌人の間の歌のやりとりである「贈答歌《ぞうとうか》」を取り上げ、歌の言葉のラリーのようなやりとりが、実は人間関係そのものを作り上げる働きをするものであることを考えてみたい。

次に、「歌合《うたあわせ》」「屏風歌《びょうぶうた》」「人麻呂影供《ひとまろえいぐ》」の三つの催し事を解説する。いずれも歌が生まれ、公表される場である「歌会《かかい》」に類するものであるが、歌会のなかでも非常に特色あるものだからである。歌合では二首の歌が番《つが》い合わされて生じるアンサンブルということ、屏風歌では絵を和歌が生動させるということ、人麻呂影供では神となって仰がれる柿本人麻呂の生み出すエネルギーについて考えてみたい。

最後に「古今伝授《こきんでんじゅ》」に言及する。権威主義・秘密主義の権化として忌避されてきた傾向のある古今伝授であるが、その本来の姿は、優れた教えと学びのシステムであり、その意味でやはり和歌を生きる行為であったことを垣間見てみたい。

第一章　贈答歌——人間関係をつむぐ

次のA群の歌1～3と、後のB群の歌イ～ハは、それぞれ相手に贈った歌（A）とそれに答えた歌（B）の一対のうちの片方である。どれとどれが結びつくだろうか。

切り返す手法

A1　世を海の泡《あわ》と消えぬる身にしあれば恨むることぞ数なかりける
二人の仲がつらくて、海の泡のように消えてしまいそうなので、恨み事はいっぱいあるのだよ。

2　秋の夜の草のとざしのわびしきは明《あ》くれど開《あ》けぬものにぞありける
秋の夜の生い茂った草に閉ざされた、あなたの扉のなんてつらいこと。夜が明けても開けてくれないのだから。

3　今までも消えでありつる露の身は置くべき宿《やど》のあればなりけり
こんな頼りない私が今まで死なずにいたのは、身の置き所となる家があったからこそだ。

Bイ　言の葉もみな霜枯《しもが》れになりゆくは露の宿りもあらじとぞ思ふ

あなたの約束の言葉もみんな嘘になってしまったのですから、ちょっとでもあてにされるのは願い下げです。

ロ　わたつみと頼めしこともあせぬれば我ぞわが身のうらは恨むる

海のように深く愛します、という誓いも色あせてしまったので、自分で自分の宿世《すくせ》の拙さを恨んでいます。

ハ　言ふからにつらさぞまさる秋の夜の草のとざしにさはるべしやは

そんな言い方をされるとよけいつらくなってきます。秋の夜の草に閉ざされた扉なんて、何の邪魔にもなりませんよ。

答えはそれほど難しくないだろう。AとBとで、きちんと言葉が対応しているからである。2とハの「秋の夜の草のとざし」ははっきりしているし、3とイも「露」と「宿(り)」が共通する。1とロの共通点は「恨む」だけのようだが、「海」と「わたつみ」は同じものである。

このような歌のやりとりを贈答歌と呼ぶ。歌を贈るだけでも、また相手から何らかのアクションがあって、それに歌を詠んで応えても贈答歌であるが、一番典型的なのは、このように贈った歌（贈歌）と答えた歌（返歌）の一組のことである。親兄弟や友人の間でも交わされるが、やはり恋人・夫婦の仲でのやりとりがもっとも贈答歌らしさを発揮する。というより、男女の恋のやりとりを基本として、それを他の人間関係に応用しているのが、実情である。男どうしでも？と顔をしかめる必要はない。それが「みやび」なる振舞い（すなわち演技）というものなのだから。

贈答歌は『万葉集』の時代から見られるが、勅撰集の中でもっともこれを多く含むのが、『古今集』に次ぐ二番目の勅撰集、『後撰集《ごせんしゅう》』（九五一年成立）である。先のA・Bの六首は、すべてこの集から採ってきた。『後撰集』は貴族の日常生活に取材し、かつ歌物語的性格が強いといわれており、贈答歌が多いのもその特色の一端であるが、それ以上に大事なのは、この頃、贈答歌の方法がほぼ完成した、という事実である。それはとくに返歌の仕方に表れる。相手の言葉に、揚げ足を取るようにして切り返す手法である。贈歌の中で拠り所となっている物もしくは事柄を取り上げて、それを別の観点から見直したりして反発してみせる。1→ロでは、贈歌での「海」は「憂み」との掛詞として持ち出されていたのだが、返歌での「海」は愛情の深さをたとえる誓いの言葉に変化している。2→ハでは、普通の扉と違い開くことのない「草のとざし」が、大した障害ではないと切り返され、3→イは、「露の身を置くべき宿」から、露を置くはずの葉、すなわち約束の言葉を引っ張り出してやりこめている。同じ言葉ががらりと変貌する面白さがそこにある。こうしてみると、贈歌と返歌は、二つ揃って一つの作品を作り上げている、といえそうである。ひとえに、返歌の技量にかかってはいるのだけれども。

『和泉式部日記』の五月雨

さて、贈歌に反発するように返歌するのが贈答歌の常道なのだけれども、それは必ずしも言葉どおり相手を拒絶したい、というわけではない。本当に拒絶したければ、もらわなかったことにして黙殺するとか、返事をしないでそのまま突き返すなどの方法が取られる。返歌をするということは、それだけである程度のよしみを表すことになる。表現の上でも、言葉を切り返すとは、むしろ相手との関係を作ろうとする努力でもある。相槌をうつだけでは、あるいは別の話題にすり替えてしまっては、対話も人間関係も発展してはいかないだろう。相手の言葉尻を捉えて反発することが、自分の思いを表明しつつ、しかも相手とのつながりを維持し展開していこうとする意志を表すことになる。

具体的に、『和泉式部日記《いずみしきぶ》』を例にして見てみよう。その名の通り和泉式部の日記であるが、記述を敦道親王《あつみちしんのう》との恋のやりとりに絞り、自分のことを「女」と称するなど、物語的な筆致を含むところに特色がある。

女（作者）と宮（敦道親王）は交際を始めたが、よからぬ噂や行き違いなどもあって、なかなか関係が深まっていかない。そんな五月。五月雨《さみだれ》、すなわち梅雨の長雨に降り込められて鬱々としていた折も折、宮からの手紙が届いた。

おほかたにさみだるるとや思ふらむ君恋ひわたる今日のながめを　（宮）

普通の五月雨だと思っているのだろうね。実はあなたを恋する私の涙雨なのだよ。

絶妙のタイミング。女もぐっとこざるをえない。さっそく返事をしたためる。

偲《しの》ぶらむものとも知らでおのがただ身を知る雨と思ひけるかな　（女）

私を思ってくださっているかどうかなんて考えもせず、ただ愛されないこの身を思い知らせる雨だとばかり思っていました。

この雨こそ自分の涙雨だという宮の言葉を、いや「身を知る雨」（雨だと尋ねてくれなくなる、そんな程度の愛情だと痛感させる雨）だと切り返す。切り返しながら、併せて自分の思いのたけをぶつける。その言葉が自分の気持ちをも昂ぶらせたのだろう、女はさらにこう追記する。

ふれば世のいとど憂さのみ知らるるに今日のながめに水まさらなむ　（女）

待ちとる岸や

生きているとますますつらいことばかり。いっそ今日の長雨で増した水が、私を押し流してほしい。そうすれば、救いの彼岸に迎えてもらえるのでは。

切羽詰まった心境を突きつけ、出家すらほのめかして、宮の心を揺さぶろうとする。すぐに返事が来る。

何せむに身をさへ捨てむと思ふらむあめの下には君のみやふる　（宮）

どうして身を捨てようとまで言うのかな。雨のそぼ降る同じ世界で、二人で生きていこうじゃないか。

女の勢いにたじたじとなった宮は、慰めの言葉を口にすることになる。結局彼女の言葉にからめ取られてしまったのである。雨を軸にしながら、ラリーのように言葉を弾き返し合い、その過程で、相手の中の自分を大きなものにしていく。相手にとって自分をいかに無視できない存在とするか——結局恋愛の駆け引きの醍醐味はそこにあるだろう。駆け引きという語が嫌なら、二人の間に愛情を育ててゆく試みと言い換えてもよい。それは、言っていることの意味内容だけではわかりにくい。それはそうだろう、言葉が言葉にすぎないことは、歌人自身がしばしば訴えていることなのだから。言葉を越えた思いをどうやって引っ張り出すか、新しい二人の関係をいかに作り上げるか。贈答歌の意義は、どうもそういうところにあるらしい。

鶉に化身する恋

恋愛において、歌は魔術的ともいえる力を発揮する。どうしてだろうか。それを考えるために、少し時代をさかのぼって、『伊勢物語』を見てみたい。第百二十三段である。京の南郊外の深草《ふかくさ》で、男は女と一緒に住んでいたが、どうやら愛情が薄れてきたようで、こんな歌を詠んだ。

年を経《へ》て住み来《こ》し里を出でていなばいとど深草野《の》とやなりなむ

長年暮らしてきたこの里を私が出て行ったら、ここはますます荒れ果て、深草という名の通り、草深い野になってしまうだろうか。

そこで女はこう返歌した。

野とならば鶉《うづら》となりて鳴きをらむかりにだにやは君は来ざらむ

荒れ野となったら、私は鶉となって鳴いていましょう。そうすれば、狩りをしに、仮そめにでもあなたがいらっしゃるでしょうから。

歌に感動した男は、愛情を復活させた、というハッピーエンドである。なるほど、「鶉になって待ってる。だから私を狩りにやってきて。気まぐれにでもいいから」などと言われたら、誰しもほろりときそうだ。だが、言っていることがいじらしいという、それだけでこんなに都合よく決着するだろうか。いくら物語とはいえ、それではやはり物足りないし、和歌の言葉の力を正しく捉えそこなっていると言わざるをえない。

具体的には、地名の「深草」を草深い野と言い換えた男に向かって、その草深い野に住む鶉を導き出して対置し、さらに「狩り」「仮」の掛詞を用いて、たまさかの訪れでもいいからと切望する、そういう言葉の技巧を視野に収めるべきだろう。すでに、掛詞や縁語の章で、これらの技巧が、偶然性に大きく依存していることを確認し、そのことがかえって、逃れがたい宿命的な感覚を喚起するのではないか、と述べた。女を見捨ててここがその名の通り草深い荒野となる、という自分の吐いた言葉が、女によって逆手に取られてしまった。それだけに男は、「鶉を狩り」に来る、すなわち女の所に戻って来る運命に逆らえなくなる。言葉にからめ取られ、身動きできなくなったのである。内容のいじらしさと、掛詞や縁語の威力が相乗効果をもたらして、男の心と行動を拘束する。贈答歌の魔力の源泉を、そのあたりに垣間見てはいかがであろうか。

慈円と頼朝

贈答歌の本質は恋の駆け引きにある。そしてその手法は、同性どうしにも応用される。一つの例を紹介しよう。少しでも有名な人物を、と思い、まずは源頼朝と慈円《じえん》に登場してもらうことにする。源頼朝といえば、建久《けんきゅう》三(一一九二)年に征夷《せいい》大将軍に任じられ、鎌倉幕府を開いた初代将軍であることは誰もが知っていよう。だが、彼が和歌に強い関心を持ち、詠歌の実力もなかなかのものであったことは、あまり知られていないかもしれない。

『平家物語』に語られる源平の戦いは、文治《ぶんじ》元（一一八五）年、壇の浦の戦いで平家軍が壊滅したことをもって終結した。いつの時代でも、戦争が終われば、世の中こぞって復興へと歩み出す。為政者にも強いリーダーシップが求められる。中でも、平家によって焼き払われてしまった奈良の大寺院、東大寺と興福寺の再建は、都人にとって信仰の故郷の回復とでもいうべき重要課題であり、大事業であった。その東大寺は建久六（一一九五）年に再建され、後鳥羽《ごとば》天皇臨席のもと、三月に落慶供養が行われた。はるばる鎌倉からも、頼朝と政子夫妻が出席のために上京してきた。もっとも頼朝は供養の後も三か月ほど都にとどまり、さまざまな折衝や重要人物との交流を活発に行っている。なかでも、宗教界の次代のリーダー格と見なしたのだろうか、慈円とは、ことのほか意気投合したようである。摂政関白を輩出する家柄に生まれ、仏教世界の頂点である天台座主《てんだいざす》に生涯四度就任し、後鳥羽院の護持僧《ごじそう》（上皇のために祈禱する僧侶。彼の場合、政治事を含めた相談役でもあったようだ）を務め、しかも『新古今集』に九十一首を入れられるほどの大歌人となる――いずれもこれより後のことだが――慈円は、たしかに頼朝の相手としてふさわしかったのかもしれない。

その結果、慈円の家集（個人の歌集）である『拾玉集《しゅうぎょくしゅう》』には、頼朝との八十首近い、まるで恋人どうしと見まごうような贈答歌群が残された。実際、こんなに文のやりとりをしたら女性かと噂になってしまいますね、などという言葉も見えるくらいである。そのうちの一首、

思ふこといな陸奥《みちのく》のえぞいはぬ壺《つぼ》の石文《いしぶみ》書き尽くさねば
（拾玉集・五四四五）

胸に満ちた私の気持ち？　いいえ、とてもとても表現し切れません。手紙になんか書き尽くせないのですから。

は、慈円の歌。陸奥・蝦夷《えぞ》（津軽以北の地）・壺の石文（現青森県上北郡東北町で発見された巨石がそれかとされる石碑）という東国の歌枕（和歌にしばしば詠まれる地名、名所）を、掛詞を用いつつ東国の覇者頼朝にふさわしく放り込んでいる。言いたいことは、あなたのことをとても深く思っています、ということであるが、意味内容はさほど重要ではない。あなたの支配する東国の地名を使って、こんな歌ができましたよ、と愉快がって語りかけたのである。さあ、どうするか。頼朝はユーモアのセンスを問われたも同然である。そして頼朝は、こう答えた。

陸奥の言はで忍ぶはえぞ知らぬ書き尽くしてよ壺の石文
（同・五四四六、新古今集・雑下・一七八六）

言わないで我慢していたらわからないじゃありませんか。全部手紙にお書きください。

陸奥・岩手(現岩手県岩手郡)・信夫《しのぶ》(現福島県福島市)・蝦夷・壺の石文という、慈円歌を二つ上回る数の東国の歌枕を、掛詞で歌に押し込み、もちろん意味も対応させて返したのである。やってくれるわい、と慈円も思ったのだろう、「こんな贈答をしてのける人物というのも珍しい、私の好敵手を初めて見つけた」と記している。おそらく慈円が推薦したのだと思われるが、頼朝のこの一首は『新古今集』に採用された。秀歌とは呼びにくいが、慈円にとって忘れ難い歌となったのだろう。言葉のやりとりそのものが、二人の関係を深め、そして作り上げているのだ。時は鎌倉時代初め、朝廷と新興の鎌倉幕府との対立は、この後いよいよ深まっていった。承久《じょうきゅう》の乱(一二二一年)を引き起こすことになる後鳥羽院の幕府への敵意に反対し続け、最後まで公武協調の思想をつらぬいた慈円の心の奥底には、源頼朝との個人的な交情の記憶も働きかけていたかもしれない、などと想像してみたくもなるのである。

無心する和歌

次に兼好法師と頓阿《とんあ》法師に登場してもらおう。『徒然草』の作者兼好のことは、有名だから省略してもよいだろう。頓阿は、南北朝時代でもっとも活躍した歌人の一人である。階層を越えて和歌を広めるのに多大の貢献をした。和歌界の宗匠《そうしょう》二条為世《ためよ》の高弟で、兼好とともに、為世門の四天王と呼ばれた。ただし、頓阿はその筆頭格で、兼好は一ランク落ちるとも見なされていたのだが。その頓阿の家集『続草庵集《ぞくそうあんしゅう》』に、こんなやりとりが残されている。騒乱が起こって世情穏やかならざる頃、兼好は頓阿に次の歌をよこした。何が言いたいかわかるだろうか。

夜も涼し寝覚めの仮庵手枕《かりほたまくら》もま袖も秋にへだてなき風　（続草庵集・五三八）

夜も涼しくなった。粗末な仮庵で夜に目覚めると、枕にも両袖にも秋らしい風がじかに吹きつけてきて。

歌の意味はまったく関係ない。

よもすずし　ねざめのかりほ　たまくらも　まそでもあきに　へだてなきかぜ

五句の歌の一番最初の字（傍点部）を集めると「よねたまへ」（米をください）、一番最後の文字（傍線部）を下から順に集めると「ぜにもほし」（お金も欲しい）となる。沓冠《くつかむり》という一種の暗号的なレトリックを用いたのであり、要するに、食料と金の無心をしたいのであった。同門の仲間に金品をねだらなければならない恥辱を、和歌のレトリックというオブラートに包もうとしたのである。すると、頓阿は次の返歌を届けた。

夜《よる》も憂しねたくわが背子《せこ》果ては来ずなほざりにだにしばし問ひませ　（同・五三九）

夜がつらい。しゃくにさわるったら、ねえあなた、とうとう来なくなってしまって。軽い気持ちでもいいから、ちょっといらっしゃいませな。

これまた、内容は無関係。兼好歌とまったく同様に沓冠を用いて、「よねはなし」（米はない）「ぜにすこし」（お金なら少しだけ）と返事をしたのである。もちろんお金を添えて送ったのだろうが、おそらく無理やりひねり出したお金にちがいない。けれども仲間を傷つけないようにと配慮し、調子を合わせて演じたのである。演技する空間をともにすることで、兼好の無心も突出しないで済む。お金を用立ててくれたこともだが、その心遣いが嬉しかったのではないだろうか。和歌はそれ自体がプレゼントなのだと思う。兼好・頓阿の活躍した十四世紀に入ると、貨幣（宋銭）の流通も進み、色々な物の価値が貨幣の尺度で測られるようになってきていたらしい（中島圭一「日本の中世貨幣と国家」）。貨幣経済が人間関係を混乱させ、すさませもしただろう。

和歌という古い形式が、そんな関係をなごませ、生きる知恵となって働いていたことがわかるのである。

ちなみに、その兼好の『徒然草』第三十一段に、こういう話がある。雪が高く積もった朝、知り合いに送った実務的な手紙への返事に、「この雪を見てどう感じるか一言も触れないような方のおっしゃることは、とても聞き入れられません」と書いてあって、ひどく感心させられた、というのである。兼好の無風流を咎《とが》めた、みやびな心を持つ人の思い出、と捉えられることが多い章段なのだが、右の頓阿とのやりとりを参考にすると、もう一歩踏みこんだ読み方もできるのではないか。想像するに、兼好の頼みごととは、やはり金の無心のごときものであったのではないか。それに応えることのできない相手は、断り方に一工夫した。みやび心のなさを咎める、という風流士役を演じたのである。お陰で兼好は傷つかずに済んだ。人にばつの悪い思いをさせまいとするその心遣いが兼好には忘れ難かった、ということではなかったかと私はにらんでいるのだが、いかがであろうか。

私の解釈はともかく、第三十一段に描かれた人物の心遣いが、和歌によって培われた素養から生まれたものであることは、明らかである。古来、雪の積もった朝には、親愛を込めて歌の贈答をするものだったからである。相手の振舞いは、閑雅な礼節と呼んでよいものだろう。儀礼的な空間を呼び起こし、それにふさわしい演技を求める和歌の特性が、そうした礼節をも生み出すことになる、と考えておきたい。

贈歌と返歌は、ともに役を演じ合い、ともに一つの演劇空間を生み出すようにして、二人の関係を作り上げていく。演技とは、ただの嘘や虚構ではない。虚実ないまぜになったものである。だから、優れた演技は、虚構を越えて、現実の意味付けにさえ変更を迫ることがある。贈答歌に現実の関係を作り上げる働きがあるのは、そういう仕組みによるのである。

第二章　歌合——捧げられるアンサンブル

勝ち負けを決める

次の二首の和歌の優劣を決めるとしたら、あなたならA・Bどちらを勝ちにするだろうか。

A　恋すてふわが名はまだき立ちにけり人知れずこそ思ひ初《そ》めしか

意中の人がいるらしい、とあっという間に噂になってしまったよ。誰にも知られぬよう、恋心を育んできたのに。

B　忍ぶれど色に出でにけりわが恋は物や思ふと人の問ふまで

隠し通してきたつもりだったのに、顔色に出てしまったわけだな。「恋わずらい？」と人から聞かれるほどに。

どちらも『百人一首』に入っていて大変有名な歌だから、迷わされることこの上ない。では、次のC・Dではどうか。

C　面影《おもかげ》も別れに変はる鐘《かね》の音《おと》にならひ悲しきしののめの空

恋しい人の面影が、鐘の音とともに別れ姿に変わっていく。せめて面影だけでも抱きしめていたかったのに……習いというのはなんて悲しいものでしょう。明け方の空の下、これだけは昔と変わらず、あの人が消えていく。

D　暁《あかつき》の涙やせめてたぐふらん袖に落ち来る鐘の音かな

夜明けの涙が、無理やり寄り添いでもしたのだろうか。まるで涙とともに袖に落ちてくるかのように、暁の鐘の音が悲しみと響き合い、胸に迫る。

文学である和歌作品で優劣をつけるなど愚の骨頂だ、と叱られるかもしれない。つけられたとしてもそれは主観の問題だろう、と言われれば、たしかにそうだ。だが、決めがたいはずのその勝ち負けを決めるのが、歌合という催し事であった。もちろん優劣を定めることの難しさや微妙さは、歌合に参加する人々もよくわかっていた。しかし、それが無意味とはけっして思っていなかった。彼らはなぜ競い合ったのか。そしてその競い合いに何を見ていたのか。

天徳四年内裏歌合

歌合が盛んに行われたのは、平安時代から鎌倉時代の前半くらいまでであった。平安時代に限っても、四百回以上の歌合が催されたと言われている(萩谷朴《はぎたにぼく》『平安朝歌合大成』)。歌合と一口にいっても、その形態にはさまざまなものがあったから、とりあえず代表的な歌合に即して説明したい。

まずは先のA・Bの二首を含む歌合の方から。これは、天徳《てんとく》四(九六〇)年三月三十日に、村上天皇の内裏で行われたものである。この歌合は、「天徳四年内裏《だいり》歌合」、あるいはもっと省略して「天徳歌合」などとも呼ばれている。これだけ略しても通じるのだから、どれくらい有名なものだったかが察せられる。公的行事としての運営進行の仕方など、後世の規範となった歌合である。

後に天暦《てんりゃく》の聖代と仰がれることになる村上天皇の御代、春の最後の日の三月三十日、内裏清涼殿の一画において、この歌合はとり行われた。内裏で行われたのであるから、主催者はもちろん天皇自身である。歌合は勝負なので、まず競うべきチームに分かれる。左方《ひだりかた》、右方《みぎかた》の二つである。事前に題が出され、それぞれ歌を詠む。「天徳歌合」の場合は、霞・鶯《うぐいす》・柳・桜・山吹《やまぶき》・藤・暮春《ぼしゅん》・首夏《しゅか》・卯花《うのはな》・郭公《ほととぎす》・夏草・恋の十二の題が出題された。その歌を詠んだ歌人は、左方が七人、右方が四人。一見不公平なようだが、詠んだ歌の出来栄えによって、選抜された結果である。落選した作品・歌人も少なくなかったことであろう。左方の作者には、藤原朝忠《あさただ》・源順《したごう》・壬生忠見《ただみ》・大中臣能宣《おおなかとみのよしのぶ》・坂上望城《さかのうえのもちき》、右方には平兼盛・藤原元真《もとざね》・中務《なかつかさ》などが名を連ねている。いずれも時代を代表する有力歌人である。

敵味方に分かれるのは、作者ばかりではない。左方・右方それぞれを構成する人々を方人《かとうど》という。いわば彼らが競技者であり、このみやびの戦いを行う主体である。この数が多い。女房が左右それぞれ十四名ほど、男性貴族がそれぞれ二十五名ほどである。ただしこの人数には、本来方人とは区別するべき念人《ねんにん》――いわばサポーターである――も含まれているらしい。彼らに比べると、実際に歌を詠んだ作者たちは、むしろ脇役の地位に甘んじる。なぜなら、これが内裏歌合である以上、清涼殿の殿上《てんじょう》の間に上がることが許された公卿《くぎょう》・殿上人（女房・殿上童《わらわ》を含む）でない限り、その場に、少なくとも露わには加わることができないからである。

作者が脇へ押しやられる理由はそればかりではない。注目を浴びるのが、和歌のみではないということもある。その場を飾り立てる衣装・調度・工芸品・薫物《たきもの》、楽人の奏でる音楽・舞人の舞から参加者の容姿・振舞いまでが、歌合という行事の大事な構成要素となる。王朝文化の美意識の粋を集めた、空間芸術というべきである。

工芸品でいえば、文台《ぶんだい》の洲浜《すはま》というものが重要視される。入り組んだ浜辺の形を模した台であり、その上には、箱庭のごとく景物・人物のミニチュアが飾られる。例えば右方から差し出された文台の洲浜には、香木《こうぼく》の沈《じん》で作られた山があり、鏡を水面とし、銀製の亀が二つ、その甲羅の裏に小さな色紙が入れてあり、なんとそこに、肝腎の歌合の和歌が書いてあるのである。さらに、桜の歌の記された色紙は花の枝に結びつけ、郭公の歌は鳥(もちろん作り物)のくちばしにくわえさせる、という凝った趣向であったらしい。現物も図版も残っているわけではないが、詳細な日記から以上のようなことがわかる。洲浜の意匠は、仙宮のごとき異世界を立ち現すためのものと考えればよかろうか。精巧なミニチュアは、人の現実感覚を狂わせ、虚構世界と現実世界を反転させてしまうところがあるだろう。歌合の催される場が、一種の異郷空間であることの象徴である。翌朝この洲浜は、その場には参加しなかった中宮安子《あんし》のもとに左右両方とも届けられたが、安子は右方の洲浜だけ手元に留めた、という。格別の出来栄えだったのであろう。

判の持つ意味

歌合が戦いである限り、欠くことのできない存在がある。勝ち負けの判《はん》(判定のこと)を務める判者である。相撲でいえば行司、スポーツでいえば審判員だが、勝敗の見極めが難しい和歌であるから、判者の役割ははるかに重いものとなる。この「天徳歌合」の判者は、藤原忠平《ただひら》の息子で、後に摂政太政大臣に至る、左大臣藤原実頼《さねより》であった。出身・身分は資格十分ながら、歌人として特別に見識を感じさせるほどの人物ではない。だが、行事としての歌合の興趣を削がないよう、おおむね良く考えられた、穏当な判を加えているように思われる。

午後三時過ぎに始まったこの歌合は、歌を発表しては歌舞管絃を楽しみ、また酒を酌み交わしつつ、一晩かけてゆるりゆるりと進んで、翌日の明け方まで続いた。だから基本的には、みやびな王朝の遊宴なのである。かといって、和歌がおろそかにされたわけではない。選ばれた歌は、いずれも粒ぞろいであった。中でも、二十番目の最後に登場した二首は、文字通り甲乙つけがたい力作であった。最初に挙げたA・Bであるが、歌合を記録した本文の形で、もう一度掲げよう。

二十番　左　　　　壬生忠見

恋すてふわが名はまだき立ちにけり人知れずこそ思ひ初めしか

右勝　　　　平兼盛

忍ぶれど色に出でにけりわが恋は物や思ふと人の問ふまで

この二首を前にして、実頼は、ともに優れており自分には判定不可能、と匙を投げたらしい。村上天皇はその逃げ腰を許さず、しっかり判定せよ、と迫る。困った実頼は、傍らにいた左大臣源高明《たかあきら》に判定を譲ったが、高明は恐縮して答えない。体よく逃げたのである。方人たちは、それぞれの陣営の歌を詠唱して、自分たちの勝ちをアピールし続けている。進退きわまった実頼は、天皇のご意向をうかがう。が、帝は黙したままだ。しかしそっと右方の歌を口ずさんでいる。どうやら帝の思いは右方にあるらしい、と高明に耳打ちされた実頼は、ようやく右方の勝ちを宣言することができた。これまで圧倒的に負けが続いていた右方は、最後の最後に一矢報い、溜飲を下げたという格好であった。あるいは村上天皇には、劣勢だった右方に、最後くらい花を持たせようという意図があったのかもしれない。

美のアンサンブル

こうした遊宴を主眼とする歌合において、歌どうし、たしかに競い合ってはいるけれども、ただたんに優劣を測られているだけではない。それはいわば、二つの個性あふれる楽器が挑み合うようにして盛り立てる、アンサンブルのようなものである。そのアンサンブルを中心として、装束や調度などの美が交響し合う。その交響はまた、帝王と臣下たちが親しみ合い睦び合う、「王朝」の理想像を象徴することにもなるだろう。高度な政治性、もしくは社会性が内包されているのである。歌の勝ち負けとは、そのような場の中で意味を持っている。

もう一つ大事なことがある。二首の和歌は、歌合という場の中で比較されることによって、個々ばらばらの場合よりいっそう輝きを増すという事実である。優れたアンサンブルが生まれる時、それぞれの楽器が個別の時以上に見事な音を響かせ始めることがあるのと通じるだろう。この二首は、五十年ほど後の勅撰集である『拾遺集』に選ばれたが、その時にも隣どうしに並んで入っている。また藤原定家も『百人一首』に一緒に選定している。競い合った「天徳歌合」を記念しようという意図もあるだろうが、やはり二首のアンサンブルを大事にしようとしたのだと思われる。

この二首のアンサンブルの意味を、もう少し考えてみよう。両首ともに、恋心が露見することを厭う思いを歌っている。たしかに狭い平安貴族社会では、噂や人目は大きな障害となるだろう。だが時代環境のせいにして済ませるわけにはいかない。平安時代に限らず、いつだって秘密は恋の醍醐味だ。ここには現実の恋愛の反映にとどまらない、虚構の恋が描かれているのだろう。秘密を守りぬいて恋を育てようとする役柄を演じているのである。その演技が表すものは何か。人の噂や他人の目を、恋心に敵対する社会のことだと見てみたらどうだろう。社会に抑圧される恋心の奔流が印象づけられてくるに違いない。社会に押さえつけられてしまう心ということであるなら、もはや恋だけに限らない。人の激情というものは、基本的に社会秩序とぶつかりあうものだからだ。恋歌は、社会の中に収まりがたいさまざまな情念を、和歌という形式の中に封じ込める役割を果たしているのではないだろうか。恋歌の演技の中には、もっと奥深い人間の感情が溶かし込まれているのではないか。

一部の『万葉集』歌はさておき、恋歌の恋は、必ず挫折するものとして演じられる。見逃しがたいのは、その演じる過程の中に、人生の憧れやら欲望やら挫折感やらが吸収されている、ということである。

忠見や兼盛らこの歌合の和歌作者たちは、歌合の行われている清涼殿には、上がるべくもない卑位の官人たちであり、彼らの和歌は、そうした不遇感を嘆き訴えるのを基調とする。だから彼らは「訴嘆調《そたんちょう》」の歌人などとも呼ばれる。この十世紀の半ばごろは、訴嘆調こそが新しい和歌表現を切り開く力になっていた。彼らの自己表現のエネルギーをうまく吸い上げていたからである。彼らの恋歌は、この世に生きながら鬱勃と起こる情念のうごめきを栄養分にして花開いていた。そこには、暗い情念が端正な形に純化されてゆく過程が圧縮されている。だから彼らの和歌は、調和と秩序を演出する、実に有効な手段となった。歌合のアンサンブルは、その調和と秩序の演出の好例であり、「天徳四年内裏歌合」は、その調和と秩序が、信じがたいほど華麗な空間に実現した催しであった。

私はつむじ曲がりなので、こんな想像をしてしまう。贅を尽し、豪奢を極めた美の空間の中で、これほどにアンサンブルが求められたということは、そのようなアンサンブルでしか調和させられない何かが、背後にあったからではないか。背後にあったものとは深い社会的な矛盾であり、それが精神と文化をかえって奇跡的な高みにまで押し上げる原動力にもなっていたのではないか、と。安和《あんな》の変(九六九年)で、光源氏のモデルとも言われた源高明が、謀反の讒言《ざんげん》によって失脚したのは、この歌合から九年後のことであった。

六百番歌合

C・Dの方に移ろう。こちらは「天徳歌合」より二百年以上も後、鎌倉幕府が成立したころの、建久四(一一九三)年に成った「六百番歌合」での番《つがい》(競い合わされた二首)である。六百番、つまり十二人が百首ずつ詠み、合計千二百首から成る、史上空前の大歌合を主催したのは、摂関家九条家を背負う若き藤原良経である。この時二十六歳であった。もとよりそれは、彼の家の威勢を誇示する催しとなるだろう。武士の時代といわれる鎌倉時代になっても、和歌の持つ意味はなくならなかった。むしろ政治的な意味はより拡大していたといえるかもしれない。

もう一度、原典に即した形で引用しよう。

五番　左　　定家朝臣

面影も別れに変はる鐘の音にならひ悲しきしののめの空

右　　信定

暁の涙やせめてたぐふらん袖に落ち来る鐘の音かな

題は「暁恋《あかつきのこい》」。暁は同衾《どうきん》した恋人どうしが別れなければならない時間である。だからいわゆる「きぬぎぬの別れ」を詠むことになる。暁には、時を知らせる鐘が鳴るが、二首ともにその鐘の音を詠み込んでいる。左は『新古今集』の撰者、藤原定家の歌。右はその『新古今集』に西行に次いで多くの和歌を取られた、慈円の作品である。作者名が「信定」となっているが、この場限りのペンネームで、これを隠名《かくしな》という。

この「六百番歌合」は、左方と右方が、激しい論争――難陳《なんちん》という――を繰り広げたことでも有名である。その難陳の一部が記録されている。

右申して云はく、左歌うち聞くに心得がたし。左申して云はく、右歌、「せめて」の字、かなひても聞こえず。

右方の方人は、左の歌はちょっと聞いただけでは意味がわからない、と申しました。左方の方人は、右の歌の「せめて」の語が不適切だと申しました。

右方の方人は、左の定家の歌に対して、「ちょっと聞いただけでは、意味がわからない」と批判した。たしかにわかりにくい歌だ。この時期の定家は、新しい表現を貪欲に追求するあまりに難解になりすぎ、とても理解できないという非難を各方面から浴びていたころであった。方人の反発は、まさにそれを表している。一方また、その新しい表現の試みが、才能ある若手の歌人たちのチャレンジ精神をかきたて共感を誘い、一つの文学的潮流を生み出してもいた。この「六百番歌合」の参加者でいえば、定家の終生のライバル藤原家隆や、定家の主人筋にあたる主催者藤原良経がそうであり、良経の叔父である慈円もその一人に加えられよう。ただし、慈円の右歌は、左歌よりはもう少し穏やかに新しさを追求している。が、「せめて」という語がふさわしくない、という難点が指摘された。なるほど、「せめて」(強いて、ことさらに)という語は、自分の行為や状況に使えば切実さを表すが、いくら擬人法とはいえ、鐘の音の状態に用いるのは、行きすぎと言われても仕方ないかもしれない。

わからない、と言われた定家の左歌は、恋人に見捨てられた人物——女性である——がかつての逢瀬を思い出し、一晩中その面影に寄り添っていた、という場面を想像すればよいのだろう。夜明けを告げる鐘の音とともに、別れの記憶まで思い出してしまい、身についた習慣というのは悲しいもの、と嘆いているのである。本来人というものは、喪失してしまった大事なものについて、嫌な記憶はあまり思い出さないものである。だから人々の理解も得難かったと思われるが、定家は、それほどまでに思い出にのめり込んでいた、という思いの深さを、大胆に圧縮した言葉で表現しようとしたのだろう。

慈円の歌では「袖に落ち来る」が狙いのポイントで、別れを促す鐘の音が別れの悲しみと響き合うさまを、涙とともに鐘の音が袖に落ちてくるようだと表した。独特な感覚を鋭くすくい取っていて、しかも定家に比べれば了解しやすい内容である。

さて、これらを受けて、判者はどういう裁定を下したか。判者は当時の歌界の第一人者であり、定家の父であり師匠でもあった、藤原俊成《しゅんぜい》である。

> 判じて云はく、左歌、かの喜撰が歌をいふに、「詞《ことば》幽《かすか》にして、始め終はり確かならず」とは、かやうの体にや侍らん。

判者は次のように述べた。左の歌は、あの喜撰法師の歌を評した「表現が不明確で、首尾が一貫していない」という言葉があるが、こういう風体の歌を指すのだろうか。

まず、自分の息子である定家の歌について、『古今集』仮名序に見える、六歌仙喜撰《きせん》法師への批評「言葉がはっきりせず、一首のまとまりが明確でない」という文言を援用する。「心得難し」という右の方人の非難を認めざるをえないが、何とか悪い印象を回避したいと六歌仙になぞらえたのだろう。俊成の親心である。一方、慈円の歌に対しては、

右歌、「せめて」の字、実にいと叶ひても聞こえ侍らねど、「袖に落ち来る」などいへる、心深く聞こゆ。右、勝ち侍らん。

右の歌は、「せめて」という語が、たしかにあまり適切には思われませんが、「袖に落ち来る」という表現は、とても深い思いを表しているように感じられます。右の勝ちでしょう。

と、「せめて」の語を問題視する左方人の批判を認めはするものの、第四句の表現を褒めあげて、こちらを勝ちにしている。作者の狙いを正しく読み取った、的確な批評であり、評価である。歌の良し悪しを判定する歌合が盛んに行われたことが、和歌への批評精神を非常に高いレ

ベルに押し上げたのである。平安時代の遊宴を主眼とした歌合から、和歌作品自体を評価・批評する文芸的な歌合へと、歌合そのものが大きく変化してきたことがわかる。

歌合の意義

歌合は、和歌の対決であり、ときには火花を散らす真剣勝負をも生んだ。ただし、二首の歌が並べられれば、それで対決になるわけではない。対決を演じるだけの舞台がしつらえられなければ、けっしてしかるべき緊張感は生まれないだろう。華麗な演出や舞台装置という、物理的なものだけではない。「天徳四年内裏歌合」の場合も、しつらいのみではなく、村上天皇という中心人物がいた。そういう精神的な求心力が不可欠である。御前試合や天覧相撲を想像してもらえばわかりやすいが、対決というのは、至尊なる存在に捧げるという構えを取る時、もっとも激突感が増すであろう。私闘ではなくなるからである。だから権力者たちは、競うようにしてこの歌合を主催しようとした時期がある。自分たちの権威を高めるからである。また、求心力の対象として神や仏が持ち出され、これらに捧げる歌合(法楽《ほうらく》歌合という)も、中世になるとしばしば行われた。あとの章で述べる、影供《えいぐ》歌合等もその一種である。

捧げるという精神は、また題詠《だいえい》という行為を育て上げることにもなった。歌合の歌は、基本的に題を与えられて詠む題詠であるが——同じ題の歌でなければ、比較しにくいのは当然である――、この題詠という営為の本質とも、捧げるという姿勢は関わっている。題というのは、その中心となる素材を真剣に求める志を何よりも大事にするからである。例えば、鴨長明は、題詠の際には「心ざしを深く詠むべき」とした後で、言ってみればそれは、「説法をする人が、仏様に向かって讃嘆するようなものだ」と言いきっている（『無名抄《むみょうしょう》』）。実に的を射た説明である。

では、次の二首の歌は、どちらが勝ちとされただろうか。

七番　左　　摂津君《せつつのきみ》

夢かとぞおどろかれぬる時鳥また音せぬ夜半《よは》の一声

目を覚まして、夢かと思った。ホトトギスの一声を夜半に確かに聞いた。でも二度と聞こえない……。

右　　俊頼《としより》朝臣

待ちかねて寝《ぬ》る夜もあらば時鳥聞かぬためしの名をやたたまし

待ちきれなくて寝てしまう夜がもしあったとしたら、ホトトギスを聞こうともしないという悪評が立ってしまうだろうけれど……。

「六百番歌合」のちょうど百年ほど前の嘉保《かほう》元（一〇九四）年に行われた、「高陽院殿《かやのいんどの》七番和歌《わか》合《あわせ》」の、「郭公」すなわちホトトギスを題とした番である。「高陽院殿」とは、摂関家に伝わる華麗な庭園で名高い邸宅で、当時は藤原道長の孫、前関白師実《もろざね》が住んでいた。もとより彼が主催者である。判者の源経信《つねのぶ》は「いま少し思ひ入れてやはべらむ」（よりいくらか思い入れが深いようです）として、右の源俊頼の歌を勝ちにした。なぜだろうか。「おどろかれぬる」（目覚めさせられた）というのだから、左歌はホトトギスを待たずに寝てしまっていたのである。一方右歌は、「寝る夜もあらば」（寝る夜がもしあったら）という以上、少なくとも寝ないで待っているのである。そこでホトトギスへの志がより深いと判断され、勝因となった。歌合の歌が本来捧げるものであるからこそ、歌の「思ひ入れ」や志が重視される。「思ひ入れ」や志は、題で歌を詠む行為を社会的に価値づけるものである。題を尊重することが、その場を尊重することにつながるからである。でなければ、題はたんなる創作の制約にすぎなくなるだろう。こうして、歌合は、題詠の発達にも寄与することになったのである。

第三章　屏風歌・障子歌——絵と和歌の協和

絵に添えられた和歌

A　住《すみ》の江《え》の松を秋風吹くからに声うちそふる沖つ白波（古今集・賀・三六〇・作者名なし）

住吉の岸辺の松の木に秋風が吹く。するとたちまち、沖の白波の音が響き合うではないか。

B　紫の雲とぞ見ゆる藤の花いかなる宿のしるしなるらん

（拾遺集・雑春・一〇六九・藤原公任《きんとう》）

あのめでたいしるしの紫の雲か、と見まごうほど美しい藤の花。ここはいったいどういう方のお宅なのでしょう。

C　秋とだに吹きあへぬ風に色かはる生田《いくた》の森の露の下草

（拾遺愚草《しゅういぐそう》・一九二七）

まだちっとも秋らしくない風が吹いた。たったそれだけで、生田の森の中の露に濡れた下草は、そっと色づき始める。

この三首の歌には、皆ある共通点がある。まず内容を確かめてみよう。Aは住吉の松風の音と波音を交響させている。Bは見事に咲いた藤の花を、瑞祥《ずいしょう》を表すとされる紫の雲に見立てている。Cは生田の森の草の黄葉に、まずやってきた秋の気配を感じ取っている。どれも季節の歌であり、その季節の風景を表現している。たしかに共通はしているが、それだけなら取り立てていうほどのことではない。もう少しこまやかに見ていくと、普通の四季歌と比べて、少し大げさなところがあることに気づく。Aでは、岸の松風と遠い沖の波音が響き合うというのであるが、本当にそんなことがあるのか、と改めて問い直すと、いささか出来すぎの感がある。Bの、藤を瑞祥の紫雲に見立てるのはよいとしても、そこから「いったいどういうお宅の瑞祥なのか」とことさらに問うのは、芝居がかりすぎている気もする。Cは初秋の気配を鋭く感じ取っているのだが、「生田の森の下草」の変色にまで絞り込んでいるのは、ちょっと視線が細かすぎやしないか。いずれも、風景を描くことだけにとどまらず、過剰なほど踏み込んで表現しているのである。

実は、三首とも、日常的な場で詠まれたものではないのだ。A・Bは屛風に描かれた絵に添えたもの、Cは障子(今のふすま)の絵に添えたもの、といういささか特別な目的で作られた和歌なのであった。前者を屏風歌(屏風和歌)、後者を障子歌(障子和歌)と呼ぶが、ともに絵に添えた和歌ということでは同じである。絵と和歌は、いったいどういう関係にあるのだろうか。先に述べた「大げさ」な感じが、どうして生まれるのか、などと問いかけながら考えてみたい。

屏風歌は、九世紀末から十一世紀半ばあたりまで流行した。屏風は、算賀《さんが》(長寿の祝い)・入《じゅ》内《だい》などの儀式に際して、絵画と和歌だけではなく、調度・紙・書にまで心を配って作られ、祝われる主役の背後を飾った。つまり、祝いの儀礼の象徴として機能したのである。残念ながら、平安時代の屏風はほとんど残されていない。例外的なのが、東寺《とうじ》山水屏風であるが、これは唐《から》様《よう》の絵が描かれている。和歌が添えられるのにふさわしい大和絵が描かれたものとなると、鎌倉時代初期の物だが、神護寺《じんごじ》蔵の山水屏風が知られている。屏風の一扇(一面を扇と呼ぶ)に一箇所、上部に地と色違いの四角形があって、これを色紙《しきし》形《がた》といった。ここに和歌や漢詩を記したのである。

絵を動かし、絵に入り込む

まずAの歌から見てみよう。延喜《えんぎ》五(九〇五)年二月、藤原定国《さだくに》の四十賀《しじゅうのが》、つまり四十歳になった長寿のお祝いを、妹の満子《まんし》が主催した時、定国の席の背後に置く屏風に書きつけた和歌だ、という説明が『古今集』にある。当時の醍醐天皇から見て、定国は叔父、満子は叔母に当たる。

この行事にも天皇の強いバックアップがあったらしく、屏風も天皇が新調したものという。その屏風に和歌を寄せた歌人としては、紀貫之・壬生忠岑・凡河内躬恒・紀友則・素性《そせい》法師・坂上是則という、『古今集』撰者を中心とした、重要歌人が名を連ねている。掲出歌には、作者名が記されていないが、躬恒の家集『躬恒集』に収められているので、躬恒の作と考えられる。

Aは秋である。通常、屏風歌の場合、歌人は、大まかな絵柄の説明をもとに歌を詠む、とされている。場合によっては、出来上がった絵を見て詠むこともあったろうし、あるいは、デッサン程度の略画を見せられることもあったかもしれない。この場合がどれかは判然としないが、おそらく松の生えた住吉の海岸に波が打ち寄せる絵を見せられたか、少なくともその趣旨が示されていたことだろう。

絵に音は表せない。風のような動きも表現しにくい。躬恒は、その風を持ち出して、音を響かせてみせた。当然、平面に過ぎない絵も、動きと音を与えられて躍動しだす。歌は、二次元に静止している画面を、奥行きを与えて立体化し、さらに動的なものに変化させているのである。ここから、屏風歌の一つの特徴が浮かび上がる。

① 画面を立体化したり、動きを与えるように詠むということである。

それだけではない。躬恒の歌は、絵に描いてあっただろう海と松とを、「声うちそふる」と結びつけて表現した。ここには、遠い波音と松風との遥かな響き合いを聞きとっている人物が、たしかにいる。読み手も、住吉の岸辺に立ち、そういう人物になってみることが要求される。絵の中に入り込むのである。当然、屏風のしつらえられた場にいる人たちの心は、そこに集約されることになろう。そうなってこそ、屏風歌の目的は達せられる。つまり、屏風歌のもう一つの大事な特色として、

② 絵の中の人物の立場で詠む

ということがあるのである。同じ場での、春・夏・冬の歌を挙げて確かめてみよう。

D　山高み雲居《くもゐ》に見ゆるさくら花心の行きて折らぬ日ぞなき　（春・凡河内躬恒）

山頂高く、まるで雲のあたりで咲いているかのような桜花。文字通り高嶺の花だが、でも心だけは毎日そこへ行って、折り取っているのだ。

E　大荒木《おほあらき》の森の下草しげりあひて深くも夏のなりにけるかな　（夏・壬生忠岑）

摂津国の大荒木の森では、下草が茂り放題に深く、深々と夏になった。

F　白雪のふりしく時はみ吉野の山下風《やましたかぜ》に花ぞ散りける　（冬・紀貫之）

白雪がふりしきる時、吉野山のふもとに風が吹くと、まるで花が舞い散ったかのようだ。

いずれも、まず風景が描写され、それを自分なりの視点から、どう斬新に捉え直すか、ということが工夫されている。遠山桜は心で折る(D)とか、草の深さは夏の深さだ(E)とか、風に吹き上げられる雪は落花のようだ(F)とか、屏風の絵柄に新たな奥行きや動きが与えられ、しかもいかにもその場にいるように歌われているのがわかるだろう。そういう作者に共感することが、お祝いの席にふさわしい行為となるのである。

ただし、注意しておきたいことがある。風景を、比喩などを用いて斬新な視点で描き出し、しかもいかにもその空間の中にいるように演じて詠む、という点なら、古今集時代の和歌にごく一般的に見られる傾向である。屏風歌だけのことではない。屏風歌は、その性格が強調されたものである。むしろ、和歌そのものに、ある空間を想定し、その中に入り込んで演じるという特性があるのであって、それが屏風歌に端的な形で表れた、と見なすべきである。

王朝最盛期の屏風歌

では次に、冒頭のBの歌を見てみよう。これは百年ほど時代を下って、長保《ちょうほう》元（九九九）年の彰子《しょうし》入内屏風での屏風歌である。彰子といえば、藤原道長の娘で、一条天皇の中宮となった女性。この屏風作成の依頼者および主催者も、一代の権力者藤原道長である。彼女の後宮には、道長選り抜きの才女たちが集められた。紫式部・赤染衛門《あかぞめえもん》・和泉式部たちであり、王朝文化の最盛期が、そこに演出された。彰子入内の際の、それを寿ぐ屏風および和歌にも、道長の強い意向が反映している。まず道長は、花山院《かざんいん》・藤原公任・藤原高遠《たかとお》・藤原斉信《なりのぶ》・源俊賢《としかた》らに屏風歌を詠むよう、依頼した。これは異例のことであった。従来屏風歌を詠進したのは、比較的身分の低い歌人たちだったというのに、彼らは法皇や公卿といった尊貴・高位の人物である。屏風歌の、ひいてはこの催し事の価値は、いやでも上がらざるを得ないだろう。おまけに道長自身も詠んでいる。

次に、提出された歌からさらに優れた歌が選定され、選び抜かれた歌が、能書家藤原行成《ゆきなり》の手で、屏風の色紙形に歌人の名前付きで揮毫《きごう》された。彰子の入内は、その清書の翌日であったという。かなり過密なスケジュールであるが、こだわり抜いた一連の進行そのものが、道長の権力と権威をいやがうえにも誇示することになる。和歌作品は、そうした連続する行事の中において意味を持つものであり、なおかつその行事の性格を象徴するものでもあった。

先に掲出したBの歌の絵柄を記した詞書には、「人の家に、松にかかれる藤を見る」（『公任集』）などとある。公任は、この種の説明を示されて、詠んだのであろう。もう一度、掲げよう。

B　紫の雲とぞ見ゆる藤の花いかなる宿のしるしなるらん

公任は、藤が咲きかかっていたはずの松のことは、きれいに無視した。一方、「人の家に」の部分を重要視した。「いかなる宿のしるしなるらん」がそれである。直訳すれば、どのような人の家だからといって、こんなめでたいしるしが現れるのでしょう、ということ。「紫の雲」は、瑞祥であるとともに、皇后の異称でもある。いうまでもなく、これによって、未来の皇后彰子および主催者道長を寿いでいるのである。道長の意図に正確に応えた歌といえよう。ちなみに、『今昔物語集』巻二十四第三十三話には、次のような説話が見える。この屏風歌の披露の場に遅刻してきた公任は、あまつさえ歌を披露することをさんざん辞退し、じらし抜いたあげくにこの歌を発表して、満座の絶賛を浴びた、というのである。事実ではないのだろうが、かえって、あざといほどに場の空気を読んだ、公任の詠み口を浮かび上がらせているのかもしれない。場の求める期待感に、過剰なまでに即し抜くことが、自己表現になっているのである。

他にも、十二月の大みそかの絵に対して詠まれた、

G　ひととせを暮れぬと何か惜しむべき尽きせぬ千代の春を待つには　（藤原公任）

一年が暮れてしまう、などと惜しむ必要はまったくない。尽きることのない、永遠の春が来るのを待っておられるのだから。

などと、お祝いの歌である。

もちろん、祝いの意を込めたのは、公任ばかりではない。

H　吹く風の枝もならさぬこのごろは花もしづかに匂ふなるべし　（続古今集・一八五九・花山院）

吹く風も枝を騒がせない天下泰平のこの頃だからこそ、花も、散りもせずのどかに美しく咲いているのだろう。

は花山院の歌で、やはり祝意を内包している。

かといって、祝賀の歌ばかりというわけではない。「人の家近く、松・梅の花などあり。簾《すだれ》の前に笛吹く人あり」という指示のもとに、藤原公任は次のように詠んだ。

Ｉ　梅の花匂ふあたりの笛の音は吹く風よりもうらめしきかな　（藤原公任）

梅の花が匂うあたりから聞こえてくる笛の音は、梅の花を散らす風よりも恨めしいよ。

なぜ笛の音が恨めしいのか、よくわからない。わからないからこそいわくありげである。笛を吹く男と簾の内側にいる女性との間に、何か物語的な関係を想像して、その女性の立場に立って歌っているのだろう。

後鳥羽院の祈願

さて、彰子入内の屏風歌から二百年以上たった承元《じょうげん》元（一二〇七）年、冒頭三番目に掲げたCの歌は詠まれた。「最勝四天王院障子和歌《さいしょうしてんのういん》」と呼ばれる催しである。主催者は後鳥羽院であり、最勝四天王院は、彼の御願寺《ごがんじ》（天皇の特別な願によって建立される寺）である（図６）。後鳥羽院は、この年三条白川に完成する予定のその最勝四天王院に、ある特別な趣向を盛り込もうと企てていた。建物内部の障子（ふすま）に、日本全国の名所の絵を描き、それぞれに、当代を代表する歌人たちの和歌を添えようというのである。名所としては、大和国の春日野・吉野山から、陸奥国安積沼《あさかのぬま》・塩竈《しおがま》の浦までの四十六箇所が選定され、すべて十名の歌人が競作して、そこから一首だけ障子歌として採用する方式が取られた。十名とは、後鳥羽院自身を始めとし、慈円・藤原定家・藤原家隆・藤原雅経《まさつね》・藤原俊成女《しゅんぜいのむすめ》など、一昨年に完成した『新古今集』を代表する歌人ばかりという贅沢さである。

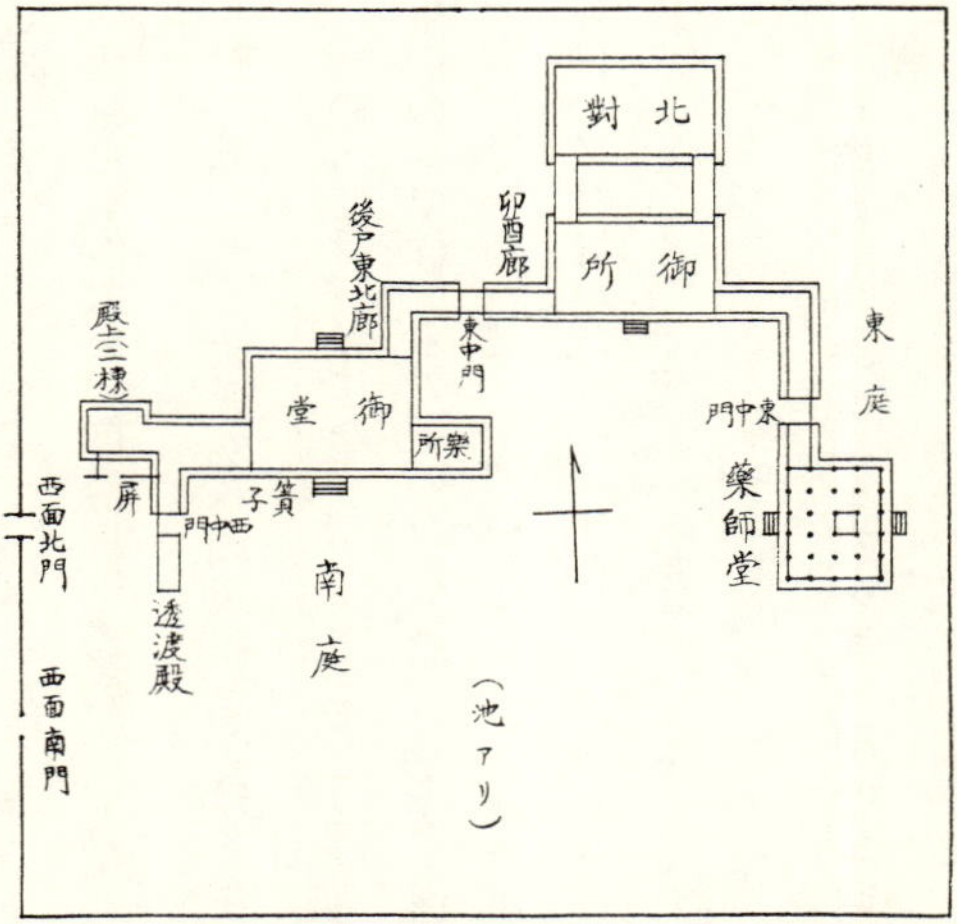

図6　最勝四天王院の復元図(福山敏男『日本建築史の研究』より)

名所の選定、どの名所を院中のどこに配置するかの設定、絵師への指示、和歌の選抜など、藤原定家が全般にわたって指図した。完成の暁には、日本全国の土地を表す絵と和歌とに囲まれた主人後鳥羽院は、居ながらにして日本を睥睨《へいげい》することができるというわけである。承久の乱を記した軍記物語『承久記』は、この寺が、鎌倉幕府を「調伏《ちょうぶく》」するために建てられた、ともいう。本当かどうかは疑わしいが、後鳥羽院の為政者としての強烈な自負と願いがうかがわれるのは事実である。

藤原定家の歌を、再掲しよう。

C　秋とだに吹きあへぬ風に色かはる生田の森の露の下草

暦の上では、秋になった。でもまだ風はちっとも秋らしくない。残暑だって厳しい。しかし生田の森では、木の下の方に茂った草が、露に濡れてわずかに色変わりしてきた。ここに秋はきざしていたのだ……。わかりにくい歌だが、おおよそこのような意味だろう。生田の森は摂津国の歌枕で、現在の兵庫県神戸市中央区の生田神社のあたり。生田の森に、秋は真っ先に訪れる、というのが定家詠の趣旨である。それは、

君住まば問はましものを津《つ》の国の生田の森の秋の初風《はつかぜ》　（詞花集・秋・八三・清胤《しょういん》）

あなたが住んでいたなら、いかがとお尋ねしたでしょうに。摂津の国の生田の森に吹く、秋の到来を告げる風の様子を。

をふまえていることから判断される。本歌取りの歌である。現実にはどこにも秋らしさなどな

い、でもひっそりと秋は始まっている。生田の森の下草に焦点を絞りこんでいって、そこに秋の到来を観念的に見出した。秋の生田の森を描く障子絵がどのような図柄であったのか、今では知りようもないが、少なくとも、微妙な季節の推移など表せるはずもない。定家は、その絵に和歌を対決させるように配置して、視覚的な世界とそれを超える季節感とを表そうとしたと思われる。

後鳥羽院と定家の違い

おそらく定家は、この自分の作を採用と決めたのだろう。しかし最後に後鳥羽院にひっくり返された。生田の森の画面の歌として選ばれたのは、慈円の歌であった。

白露のしばし袖にと思へども生田の森に秋風ぞ吹く　（慈円）

白露は、せめてしばしの間袖にとどまっていておくれと願っていたのに、ここ生田の森では、早くも秋風が吹き、その露も散ってしまいそうだ。

秘めた恋が露見してしまいそうだという、愁いに満ちた恋の状況が暗示されている。そう暗示することで、いちはやく憂愁の秋が到来する、生田の森の季節感を表現した。情緒をたっぷりと流し込むことで、描かれた絵を主情化しようとしたのだろう。後鳥羽院はこれを選んだ。収まらないのは選歌を否定された定家の方で、後鳥羽院への批判を方々で口にしたらしい。そのあたりの事情を、後鳥羽院は後に次のように述べる。

確かに、定家の一首は上句下句ともに優美で、手本となる歌だと思われる。慈円の歌よりずっと優れているだろう。しかし、こういう選択ミスは誰にでもあることだろう。大きな失敗ではない。それにこの定家の歌だって、よくよく見てみれば、言葉は優美だけれども、それほど深い情趣もイメージも表現されているわけではない。森の下に少し枯れた草がある他には、格別に雰囲気も意味もない。ただ流麗な言葉続きが抜群なだけだ。

(『後鳥羽院御口伝《ごとばいんごくでん》』)

と。慈円の歌は、恋と見まごうような情緒をまつわらせた。それに比べれば、定家詠は、はっきりした作者の姿もなく、その心も表されていない。絵では描き出せない光景を、言葉で表し出そうとしている。院からすれば、慈円詠の方が、障子絵を、またそれがある空間を飾り立てるのにふさわしいと思われたのだろう。『新古今集』を生み出した異能の帝王と天才詩人の関係にも、このあたりから不協和音が聞こえるようになってきていた。
以下、いくつか、選出歌と、同じ題での定家の歌とを比べてみよう。

初瀬山(冬)

雪ぐもる初瀬《はつせ》の檜原《ひばら》あはれなり鐘よりほかに夕暮の空　(慈円)

雪空で曇る初瀬の檜の原は、胸に迫る。鐘も鳴らないのに、はやくも夕暮を思わせる空だ。

をを初瀬や峰の常盤木《ときはぎ》吹きしをり嵐にくもる雪の山本　(定家)

初瀬の峰の常緑樹を吹きたわませる嵐、その嵐はまた麓の雪を舞い上げて曇らせる。

吹上浜(冬)

衣手も冴えゆく霜のさ夜《よ》千鳥寝覚めてわたる吹上《ふきあげ》の浜　(源具親《ともちか》)

袖のあたりもしんしんと冷えてゆく霜の降る夜、寝覚めると千鳥が吹上の浜を飛び渡る鳴き声が聞こえる。お前も寝覚めの寂しさが堪えがたいのか。

潮風の吹上の雪に誘はれて浪の花にぞ春は先立つ　(定家)

潮風が吹上の浜の雪を舞い上げる。その白さに誘われるようにして立つ白い波の花。それは春の前触れなのだ。

高砂（秋）

吹く風の色こそ見えね高砂《たかさご》の尾上《をのへ》の松に秋は来にけり　（藤原秀能《ひでよし》）

風そのものに秋の色があるわけではないけれど、高砂の尾上の松風の音にははっきりと秋がやって来ている。

高砂の松はつれなき尾上よりおのれ秋知るさ牡鹿《をしか》の声　（定家）

高砂の尾上の松は秋になっても変化しない。代わって尾上から響くのは、牡鹿が自分で鳴いて自分で秋を知る声だ。

定家以外の歌を見ると、傍点部を中心に、作者の感覚や心情が表面にはっきりと表されている。ところが、定家の歌には作者の姿が見えない。作者の心に踏み込まず、景物どうしの関係を中心に描き出すことで、風景を自立させようとしている。定家は、あたかも絵に対抗するように、自分独自の情景をうち立てようとしているのである。歌界の第一人者としてのプライドのなせる業にちがいない。だが、絵と和歌が協力し合って一つの世界を作り上げるのが、屏風歌や障子歌の理想であろう。絵に奥行きを与え絵を動かすこと、そして、絵に入り込むこと、と捉えた屏風歌の詠み方は、絵と和歌の協和を可能にする方法にほかならない。和歌だけでなく、和歌と絵との関係、そして障子の据えられる空間全体を考えるならば、定家のやり方は少し行きすぎを感じさせる。絵と和歌を調和させ、そういう文化的空間を所有して、日本を一望のもとに収めようという後鳥羽院の意図とは、だいぶ食い違うのである。それだけにかえって、絵の世界を新たに演じる屏風歌・障子歌の特色を浮かび上がらせているのだけれども。

第四章　柿本人麻呂影供――歌神降臨

柿本人麻呂、神となる

平安時代の中ごろに、藤原兼房《かねふさ》という人物がいた。大した歌人だったわけではない。ただ、ひどく歌の好きな、いわゆる「数寄者《すきもの》」の類であって、どうにかして良い歌を詠みたいものだと、常日頃から、柿本人麻呂を心の中で念じていた。そんなある夜、夢の中に一人の老人が現れた。直衣《のうし》(平服)に指貫《さしぬき》・下《した》の袴《はかま》を着て、なえ烏帽子《えぼし》の尻を異様なほど高くし、常人とも見えない。左手に紙を、右手に筆を持って、何やら思案顔である。誰だろうと不審に思っていると、「長年人麻呂を一心に思っている志の深さに免じて、姿をお見せ申した」と答えるや、かき消すように失せた。夢から覚めた兼房は、絵師を呼んでこの人物を描かせ、宝物にして常に拝んでいた。和歌も上達したという。兼房の死に臨んで、この柿本人麻呂の絵は白河院に献上され、宝蔵に秘蔵されることになった。鎌倉時代の説話集『十訓抄《じっきんしょう》』(四―二)に語られている話である。

この図像がどんな絵柄だったのか、実物はもちろん残っていないが、佐竹本三十六歌仙の柿

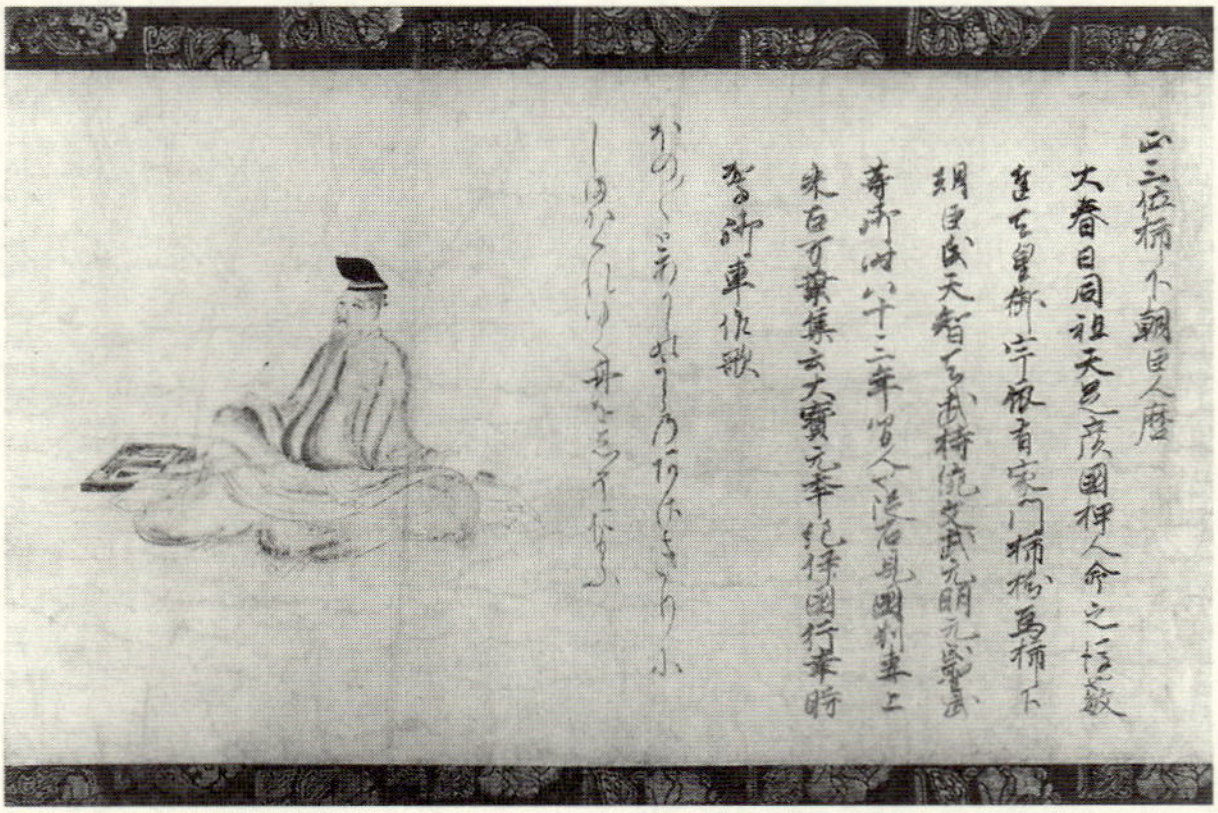

図7　佐竹本三十六歌仙「柿本人麿」(出光美術館所蔵)

本人麻呂像（図7）は、『十訓抄』の記述によく適合しており、その流れを汲むものと考えられている。

さて、院の宝蔵に収められた人麻呂の絵を、借り出して写した人物がいる。藤原顕季《あきすえ》である。顕季は、白河院の寵臣として成り上がった人物で、歌道の家六条家の祖ともなった。院政時代には、退位した太上天皇（院）が専制的な権力を振るったとされるが、その院政時代の特質を生かして異数の出世を遂げ、ついには摂関家をもしのぐ富と権力を手に入れた。その意味で顕季は、院政政治を象徴する人物である。元永《げんえい》元（一一一八）年六月十六日、彼は、この人麻呂像を本尊として、供物を捧げる儀式を行った。これこそ、本章の主題である、「柿本人麻呂影供」（以下、人麻呂影供という）の初めである。影供とは、肖像に供物を捧げて祀ることをいう。今回の影供のさまは、藤原敦光《あつみつ》の記した漢文体の『柿本影供記《かきのもとえいぐき》』や、『古今著聞集《ここんちょもんじゅう》』第百七十八話などに語られている。十数名の有力歌人を招き、顕季の自宅で行われたその式次第を簡単にまとめると、次のようになる。

① 人麻呂の画像を掲げる
② 画像の前に飯・菓子・魚鳥(作り物)を供える
③ 人麻呂影に初献《しょこん》(最初の配膳・献杯)を奉じる。和歌の宗匠として、源俊頼が務めた
④ 参加者に酒食がふるまわれる
⑤ 影前に文台《ぶんだい》(小さな机)・円座《わろうだ》(わら等で編んだ敷物)を置いて人麻呂の座とし、人麻呂讃(人麻呂を称える漢詩。敦光作)を読みあげる
⑥ 諸歌人の詠んだ和歌を披講《ひこう》(読みあげること)する。題は「水風晩来《すいふうくれにきたる》」。その後、いったん解散する
⑦ 残った者で雑談したり朗詠したりなどして、名残りを惜しむ

この場で詠まれた歌を一首だけ紹介しておく。「水風晩来」(水辺に日暮れ時になって風が吹く)の題で詠まれた、亭主顕季の歌である。

夕づく夜《よ》むすぶ泉もなけれども志賀の浦風涼しかりけり

夕月の映る水をすくうような素敵な泉はないが、志賀の浦風が吹いてきて何と涼しいこと。

六月の季節に合わせて、夏の歌となる。前半は、こんな所に来ていただいて、と自宅を卑下しているのである。下句に「志賀の浦風」とあるが、顕季邸は都にあるのであって近江ではない。もとより、柿本人麻呂の名歌、

ささなみの志賀の唐崎《からさき》幸《さき》くあれど大宮人《おほみやびと》の舟待ちかねつ　（万葉集・巻一・三〇）

近江《あふみ》の海《うみ》夕波千鳥汝《な》が鳴けば心もしのに古《いにしへ》思ほゆ　（同・巻三・二六六）

などを想起しながら、琵琶湖畔にたたずみ古を偲んでいる人麻呂の所に、タイムスリップしているのである。また、「涼しかりけり」というのは、涼感だけではなく、心が晴れ晴れとした状態をも表すので、この場に集ってきた人々への感謝の意を表すことにもなる。はっきりいえば、歌として何の深みがあるわけではない。この催しを記念するだけの歌である。だがそれだけに、成り上がり者ゆえに由緒と格式を持たず、どうにかその負い目を回復しようとする顕季

の努力が、ここに透けて見えるというべきであろうか。
平安時代から中世への過渡期に当たるとされる院政時代には、古代の人物や文物の聖性を強調し、それと自分との関わりを訴えることによって、自己の存在を主張しようとする試みが頻出した。人麻呂影供もその一つである。大局的にいえば、『新古今集』すらその流れと大きく関係する。

歌道のシンボル

人麻呂影供の形式は、孔子《こうし》を祀る儀礼である釈奠《せきてん》と共通点が多く、その影響があるだろうといわれている。また、密教において祖師を供養する儀式からも、画讃を講じるなどのやり方を学んだところがあるらしい。それにしても、どうしてこんな手の込んだことをするのであろうか。

歌会を催し、有力歌人たちを集めることは、社会的な力の誇示にもなるし、人間関係の形成にも役立つ。それゆえ、和歌に興味のある有力貴族たちは、できるだけ魅力ある歌会を開催することを心がけた。人麻呂影供は、そんな中でもとりわけ凝った趣向の催しであり、人気を得た。当たった、のである。偉大な先達を供養する、そういう追善供養の性格をも有する行為が、当時の歌人たちの心をつかんだのであろう。一般に先達の追善供養の儀式は、昔から今に脈々和歌の歴史に連なり、和歌と流れる何かを、参加者に実感させるものである。人麻呂影供は、和歌の世界――すなわちみやびなる美と秩序の世界――の一員であることを感得させ、と同時に、そこに集う人々の絆を強める役割を果たしたのである。顕季が歌道家六条家の祖となったことはすでに触れたが、その歌道家の形成のために、やがて人麻呂影供は大きく寄与していった。神格化された人麻呂は、権威づけには格好であっただろう。人麻呂影供の中心となる人麻呂画像は、その後、顕輔《あきすけ》→清輔《きよすけ》→季経《すえつね》→保季《やすすえ》→知家《ともいえ》と、六条家を継ぐ歌人たちに伝えられ、歌道家継承のシンボルとなっていった。

人麻呂影供の持つ求心力に目を付けた権力者として、鎌倉時代初頭の源通親《みちちか》、および後鳥羽院がいる。彼らは、人麻呂影供にさらに歌合を結合した、影供歌合なる催し事をしばしば行った。時あたかも『新古今集』が成立する時代で、影供歌合は、この未曽有の和歌の季節の、推進力の一つとなった。では影供歌合で詠まれる歌には、何か普通と異なった傾向があるかといえば、とくにこれ、というほどのものはうかがいにくい。ただ、総じて意味の取りやすい、あっさりとした表現の歌が多い印象がある。『新古今集』時代の、いかにも入り組んだ難解な和歌に比べると、風景を淡々と描写したかのような歌が少なくないのである。影供歌合という場の持つ強烈な枠組みが、心素直で大らかな、と憧憬された万葉人の心持になることを許すのかもしれない。結果として秀歌は生まれにくいところがあるが、歌の儀礼として、結束力を高め

図８　『慕帰絵』第五巻第三段より（西本願寺所蔵）

る効果には大きいものがあったと思われる。

人麻呂を演じる場

さてその後も、人麻呂影供は大いに流行した。人麻呂は、歌道を守護する神ともなっていった。影像を掲げ、歌に執心する歌人が集えば、そこに歌神柿本人麻呂が降臨するのである。人麻呂影供ではないが、人麻呂の画像を掲げて行われた歌会のあり様を活写したものとして、南北朝時代の浄土真宗の僧覚如《かくにょ》の生涯を描いた『慕帰《ぼき》絵《え》』（一三五一年成立）の一場面がある（図８）。画像の前に文台が据えられ、和歌の書かれた懐紙《かいし》と短冊《たんざく》が置かれているさまが描かれている。首をかしげて歌を思案中なのが、覚如なのであろう。歌会への参加者もさまざまな階層の人々であり、また宴会の準備に慌ただしく立ち働く様子など、当時の歌会のあり方が如実にうかがわれる絵である。

中世も前半を過ぎると、さしもの人麻呂影供も衰微していった。人麻呂に対する敬慕が薄くなったということではない。逆に、歌会等の場に人麻呂の画像を掛けることそのものは、かなり広まっていたのである。すなわち、人麻呂影供と特立されないだけで、むしろ人麻呂信仰と和歌との結びつきは、一般化していったわけである。

そのような現れの一つとして、古今伝授の場に、人麻呂の画像を掲げていたことを挙げたい。古今伝授そのものについては、章を改めて説明するとして、その伝授が行われた場の様子を、図解した資料が残されている（図9）。ただし、江戸時代の後水尾院《ごみずのおいん》から飛鳥井《あすかい》雅章《まさあき》への伝授の

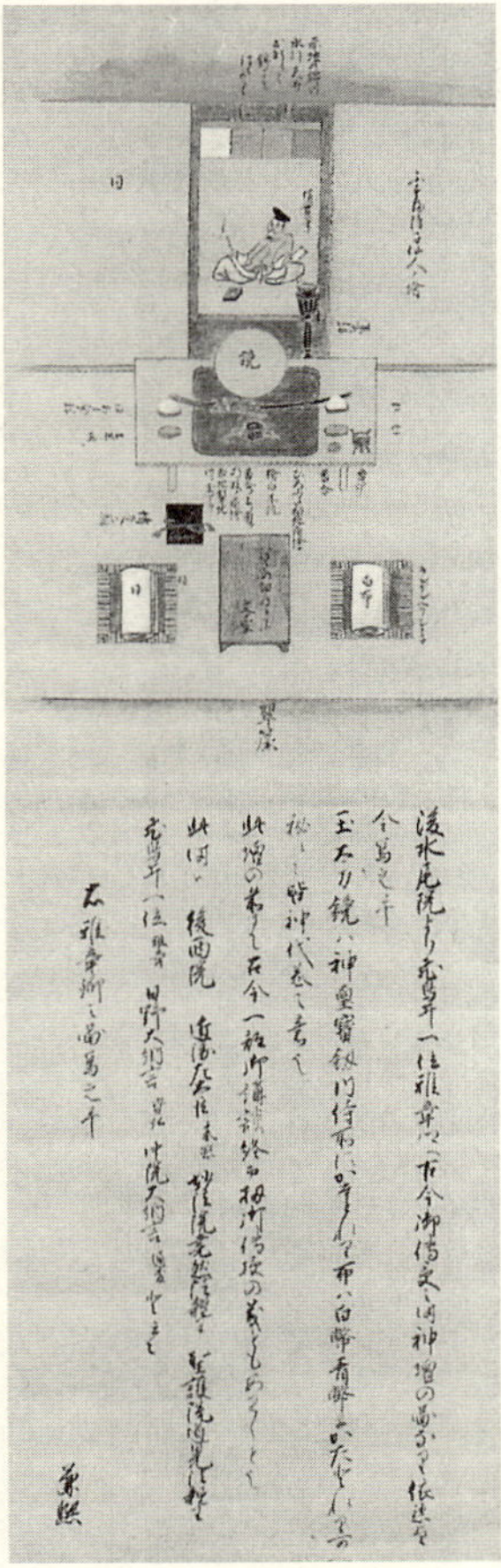

図9　「古今伝授之図」（永青文庫所蔵，熊本大学附属図書館寄託）

時のもので、時代は下るものであるが。佐竹本三十六歌仙絵によく似た人麻呂画像が、伝授の場を見守るように掛けられていたことがわかるだろう。

歌会や歌合の場に人麻呂の画像を掲げ、供養したからといって、それは会席の珍しい装飾や段取りにすぎないのではないか、という疑問も当然ありうるだろう。たしかに影供の場が秀歌を生み出す場とは言いにくいという事情は、先に述べたとおりである。では和歌という文学にとって、人麻呂影供はどのような意味を持ったと考えればよいのだろうか。

祀る存在のある会はそれだけで求心力を高めるだろう。信仰の儀礼が、きわめて強い紐帯を必要とする、あるいは形成することは言うまでもない。人麻呂影供は、その対象が人であることがポイントである。人麻呂影が描かれるきっかけとなった、歌の上達を願って人麻呂を念じていた藤原兼房のことを思い起こしたい。兼房は柿本人麻呂のような歌人になりたかったのである。賛仰する対象になろうとする気持ちをかき立てる儀式、それが人麻呂影供である。相手が本物の神・仏であったら、そのものになろうとするには特別な修行が必要になろうが、人麻呂だったら不可能ではないかもしれない、という気にもなるだろう。人麻呂影供は、人麻呂になる演技を促す儀礼である。

平安時代も半ばを過ぎると、和歌は麗しい言葉の体系として、相当に秩序づけられていた。理想化されてきていた。反面、なかなか取りつきにくく、個人の心情の表現手段としては、距離を感じざるをえないものとなっていた。この距離を克服し、優れた歌を詠むために、日常的な現実を離れて、和歌の世界の中で悠々と遊ぶような存在になる試みが生まれた。好んでこれを試みる人物は、「数寄者」などと呼ばれた。柿本人麻呂は、数寄者たちの理想像として掲げられたのである。和歌的世界と現実世界との距離をつなぎうる歌人となるために。歌人とは、優れた歌を作る作者のことだが、こうした「歌を作る作者」の問題については、終章で改めてまとめることにしたい。

十一世紀後半の院政時代から中世にかけて、旧来の身分秩序を越えた人と人の結びつきが、強く求められるようになった。現実を越えた世界を形成していた和歌は、そうした紐帯を生み出す上で、とても有効に機能した。古代貴族が生み出し育てたはずの和歌が、中世に入っても重宝されたのは、そういう理由があったのである。人麻呂影供は、その典型にほかならない。

第五章　古今伝授——古典を生き直す

伝授のプログラム

次の三つの言葉をご存じだろうか。

・をがたまの木
・めどにけづり花
・かはな草

知らなくて恥ずかしい、などと卑下する必要はまったくない。反対に知っていれば、博識を誇ってもかまわない。いずれも『古今集』の中に出てくる植物関連の言葉であるが、たった一回しか登場しないきわめて特殊な用語だからである。その後歌に詠まれた形跡もない。和歌のバイブルといってよい、さしもの『古今集』の言葉であっても、これほど枝葉末節なものであれば、知られていないのも当然といえよう。

ただし、あなたがもし古今伝授に多少なりともなじんだ人であったならば、苦もなくこう答えるだろう。ああ、例の「三木《さんぼく》」ね、と。もう少し勉強した人ならば、それは古今伝授の中でも宗祇《そうぎ》流の三木でしょう、同じ三木であっても他の流派では色々あって、例えば……と、それこそ古今伝授よろしく長々と講釈を始めるかもしれない。右に挙げた三つの語句は、古今伝授の世界ではかなり重大なものだったのである。枝葉末節にして重大。この矛盾に、「三木」のみならず、古今伝授の問題点が象徴的に表れているというべきだろう。いったいどういうことなのだろうか。

とりあえず、古今伝授なるものがどういうものなのか、大まかにたどってみよう。簡単にいってしまえば、それは師匠から弟子へと一対一で行われる、『古今集』ほか重要古典の教育プログラムである。プログラムと言ったのは、一連の過程を持っているからである。とくに古今伝授のプログラムは定式化していた。その具体例を、宗祇が東常縁《とうのつねより》から授けられた例で見てみよう。東常縁から宗祇への伝授が、古今伝授の始まりとされているからである。なお、教えることを相伝、教わることを伝受といい、だから正確には「古今伝受」だともいうが、ここでは、一般的になじみのある「古今伝授」の表記で通すことにする。

① 相伝する相手が決定される

もちろんこの場合は、東常縁から宗祇へ、ということになるが、誰でもいいというわけではけっしてない。相伝を受けるだけの力量がなければならない。多くの弟子から選抜されるわけである。ということは、師匠の眼鏡にかなうために、事前に相当勉強していなければならない、ということになる。

ただし、古今伝授を受ける相手は一人とは限らない。他の弟子にも相伝することはありうる。東常縁の場合、一番弟子と認めた宗祇以外に、五人の弟子に伝授を行っている。が、人によってその教える分量は差があり、五人のうちで一番教えを受けた弟子でさえ、宗祇の七割であった、などという資料が残されている。

② 伝授された内容を他に漏らさない、という誓状を提出する

書式も厳密に決まっていた。現代でも、入学に際して誓約書を書かされる学校もあるが、何も秘密厳守を誓わされるわけではない。この秘密主義こそ問題だ、といわれて久しい。情報の独占もしくは寡占によって自己の権威を高めようとする、悪しき権威主義だ、というわけである。しかし情報メディアのきわめて限定された古典時代において、確かな情報は宝である。人に背負われなければ伝わらない、稀少価値の高いものだからだ。そして、情報は武器でもある。武士が武具や武芸を、商人が商品や才覚を武器とするように、歌人が和歌の知識を武器、あるいは自己の存在証明とすることは、それほど貶められることではないだろう。機会均等・自由平等など夢のまた夢の時代である。例えば宗祇は、正確な姓も知られていない程度の身分の出だが、連歌・和歌・古典学の実力で、皇族・貴顕に教えを授けるまでに成り上がった人物にほかならない。

③『古今集』を講釈する

『古今集』を、相伝者が最初から順々に解釈していく。個人授業による講義であり、古今伝授の中心をなす。伝受者はそれをひたすらノートしていく。このノートを一般に「聞書《ききがき》」という。東常縁から宗祇への伝授の内容は、『古今和歌集両度《りょうど》聞書』という書物として、残されている。「両度」というのは、二回という意味で、講釈が二度行われたことを示している。最初は文明《ぶんめい》三（一四七一）年正月二十八日から四月八日まで、次は六月十二日から七月二十五日であった。二度目の時は、大坪基清《もときよ》という同席者がいた。宗祇にとっては復習の機となる。場所は伊豆の国三島（今の静岡県三島市。ただし、二度目については、異説もある）、宗祇五十一歳であった。

④古今伝授を受けたことを証明してもらう

証明にも、いくつかの段階がある。これは、前掲の『古今和歌集両度聞書』や、後に見る『古今伝受書』に書写された奥書に示されている。まず一つ目は、講釈が終了したことを証明する奥書で、文明三年八月十五日の日付と東常縁の署名がある。次に、弟子は聞書を師に提出して見てもらう。師はこれに加筆したうえで、これこそ我が教えと証明する。これが二番目に記された奥書となる。

どういう講義だったか

では、どんな講義だったのか、『古今和歌集両度聞書』を見てみよう。

題しらず　　　　　　　　　　　　典侍《ないしのすけ》藤原直子《なほいこ》朝臣

海人《あま》の刈る藻《も》に住む虫のわれからと音《ね》をこそ泣かめ世をば恨みじ

（古今集・恋五・八〇七）

海人は藻を刈る、藻に虫は住む、それは割殻《われから》――「我から」（私のせい）なのだ全部、と嗚咽の声は洩らしても、恨み言は申しません。

「割殻」とはカマキリに似た海中の節足動物で、主に海藻の間に住む。これに「我から」（自分が原因となって）の意を掛けて、序詞の「つなぎ言葉」（I―第二章参照）としている。この歌に対して、東常縁は、現代からは奇妙としか思えない解釈を残している。まず作者の「典侍藤原直子朝臣」を二条后（藤原高子《たかいこ》）のことだと特定する。あの在原業平とただならぬ関係を結んだ、などと物語化された后と同一人物だとするのだが、いうまでもなく荒唐無稽の説である。だがそれ以上に問題なのは、次のような言葉である。

此の歌は一部の大意なり。非を悔ゆる外に道はなき物なり。非を知るは聖の始めなりといふ事、是なり。尤《もつと》も思ふべき所なり。猶師説を受くべく候。

この歌は、『古今集』全体の大意を示している。自分の間違いや欠点を悔いること以外に、正しい生き方というものはないのだ。己の非を知るのが聖人への出発点だ、というのはこのことを指している。深く思案するがよい。これについてはさらに師から教えを受けなさい。

いきなり人生訓とでもいうべきお説教を展開する。しかも、これこそ『古今集』の主旨だ、とまで強調している。なるほど自分の非を自覚することは良いことだろう。反対するつもりはないが、何もこの歌で持ち出すことはないではないか。この歌が、そういう人生訓を思って作った歌かといえば、百パーセント否定せざるをえない。何より切ないばかりの恋心が、台無しになってしまう。恋する女の、理屈で押さえられない心情こそ焦点なのであって、世間一般の心がけに薄められてしまってはたまらない、まして『古今集』の主旨がそういう道徳にあるなど、到底認められない――和歌を愛する者であれば、誰しも反論したくなる。こういう例が、古今伝授には実に多いのだ。では、和歌の奥儀が、なぜこのように語られるのだろう。

古今伝授の解釈の意義

東常縁・宗祇の古今伝授の時代とは、戦国時代の初めという乱世のただ中であり、人生の生き抜き方の指針が求められていた、ということが一つにはある。和歌でいえば教訓歌(教訓を和歌の形式で表したもの)が流行するなど、他にも教訓的な文芸が好まれていた傾向が見られるのであって、そういう時流に乗っかったのである。もう一つ考えられる理由として、こういう解釈をしておくことが、自分が作品を作る時に役立つのではなかったか、ということがある。

一つ連歌の例を挙げよう。連歌というのは付合《つけあい》の文芸で、前の句(前句)に対して次の句(付句)を次々に付けてゆく。前句が五・七・五なら七・七の付句《つけく》を、七・七なら五・七・五を付けて、合わせて一首の和歌のような形にする、和歌との関わりの深い、集団制作の詩歌である。

その連歌で、

誰を恨みんことわりもなし

誰かを恨もうにも、そんな道理は立たない

という前句があったのだが、これにどういう句をつけたらよいか、という例を出しながら、宗祇が弟子の宗長《そうちょう》に講義をしている(『雨夜の記』)。仮に、どうせみんな私が悪いのだという内容の句を付けたとしたら、いかにも説明的で、展開に新鮮味がない。付句は、前句からの必然性

を持ったつながりが要求されるが、また意外性もなければ面白くないのである。そこで、

世の中は藻に住む虫の涙にて

この世は、藻に住む虫、つまり「われから」と言って泣いて過ごすほかないのだ。

と付ける手がある、と宗祇は言っている。もちろん『古今集』藤原直子歌を本歌取りしたのである。前句の趣旨を「我から」(自分のせいで)ということだととらえ、この本歌を前提とすることによって、「藻に住む虫」という意外な展開をもたらしたのだ。「誰も恨めない」という前句から、右のような付句を思いつく想像力をもし人為的に養成するとしたら、先ほどの教えなどは、なかなか有効な教授法となるのではないだろうか。古典の言葉を、自分の現在の生き方の問題として深々と理解した経験があれば、こういう展開を生み出すことも可能になりそうである。大げさかもしれないが、それは古典を生き直す行為といえると思われる。

それにしても、自分に引き付けた深読みであることを認めるならともかく、あたかも『古今集』の歌に本来そのような意味が内在しているかのように解釈するのはけしからん。後の本居宣長なども、そう言って古今伝授を全面的に否定した(『排蘆小船《あしわけおぶね》』)。この古今伝授否定論に対して、十分反論するだけの用意は、私にもない。たしかに、自分の考えに『古今集』という金看板を与えて、権威づけようとした面もあるだろう。時流に迎合したのかもしれない。ただ、

この古今伝授の場が、師と弟子が一対一で対決する真剣勝負の場であって、類まれな緊張感に包まれた空間であったことは、忘れないでおきたい。自分勝手な解釈でかまわないというような傲慢さは、厳しく抑制される雰囲気であっただろう。同じ言葉であっても、それが発せられた時の様子次第で、受け取られ方はずいぶん違うはずである。

教育とは真理を伝えることだ、と反論されるだろうか。その場合の真理には、普遍性の高さが求められている。時や場を越えて、いつでもどこでも通用しうることが必要となる。しかし古今伝授は、選び抜かれた一人の人への、時と場を可能な限り限定した教育である。その時だけ立ち現れる真理というものもありうるだろう。学問的な真理と同じものを要求するのは、力士に寝技を求めるような、お門違いを犯しているのかもしれない。

私が中学一年生の時、理科の先生が、音は空気を伝わる波である、と授業で説明した後、どんなことでもいいから、恥ずかしがらず質問してごらん、と皆に促した。その時、どうして電波は伝わるのか、と尋ねた生徒がいた。音波よりも格段に高度な質問である。へたに説明すれば、音波についての理解すら混乱しかねない。先生は一瞬言葉に詰まり、次にこう言ったのである。「この質問への答えは君たちには難しすぎる。だから今から嘘を教える。これは嘘だから、将来しっかり勉強して、本当のことを知ってほしい」と言うや、やにわに棒を取り出してそれをぶるぶると震わせ、「ほら、こうやってまずアンテナが細かく揺れるわけだ。そこで電波が発生して……」とやり始めたのだ。さすがに中学生でも嘘だとしか思えない説明だったが、嫌な感じは少しもしなかった。先生は生徒の質問から逃げなかったし、道化役を演じてでも生徒たちの中に飛び込み、その知的好奇心をつなぎとめようとした。それが中学生なりに感じ取れたからだ。むしろ感動したといってもよい。「今から嘘を教える」。こういう言葉を覚悟をもって吐ける教師でありたいものだ、と思う。つまり先生は、説明内容としては私たちに嘘を教えたのだが、教える行為としては、忘れ難い「真理」を伝えたということになる。この体験と古今伝授とはかなり次元の異なる事柄であるが、少なくとも、行為という側面からこの教育法を見直してみる価値はあるように思うのだ。

また、もう一つ注意しておきたいことがある。この古今伝授には、執着や貪欲を脱却せよとか、「造作《ぞうさ》(意識)にあづからぬやうに歌人の心のあるべき也」(意識にかかずらうことのないよう、歌人は心しなければならない)など、私心を離れた、無心・虚心を称揚する発言がしばしば繰り返されている。それが伝授の教えのベースを形成しているといっても過言ではない。「我から」という道理の強調も、自分のせいだと思って執着を離れよ、という教えに結びついていたのである。先ほどの伝授の儀礼空間としての緊張感と併せて考えるなら、ほしいままの解釈という印象はかなり抑制されるだろう。いや、むしろ、自分たちの現在の生き方すら、『古今集』の世界の中でとっくに語られていたという気になるのではないか。伝授を受ける者に、『古今集』

とは予見の書であり、その古典に導かれて生きているのだ、という気分をもたらすように思われる。

秘伝は何を伝えたか

実は、『古今和歌集両度聞書』に残された講釈以外に教えがあった。それは、もっとも秘密にすべき、重要事項であり、「口伝《くでん》」として直接語られた。書物の形になれば、どうしても機密性を保ちがたいからである。かといって、口伝えだけだと記憶があやふやになるおそれがあるし、師が確かに語ったという証拠もなくなってしまう。そこで登場したのが、「切紙《きりがみ》」という手法である。

切紙というのは、文字通り紙を切ったものだが、通常、横長の紙を上下半分に、もっと横長になるように切り、後は必要に応じてこれを切り分けたり、逆に糊で継いで長くしたりしたものを指す。この切紙に、その重要事項の要点だけを書き記すのである。要点だから、読んだだけでは完全には理解しにくい。しかし、記憶の確保と伝授の証明には十分ということになる。

最初に挙げた「三木」に戻ろう。「三木」は、切紙に記された秘説の一つであった。どう語られたのだろう。そこで、三条西実隆《さんじょうにしさねたか》が記した切紙を紹介しよう。東常縁から古今伝授を受けた宗祇は、次に三条西実隆らにこれを伝えた。永正《えいしょう》七(一五一〇)年、実隆は徳大寺実淳《さねあつ》の懇望

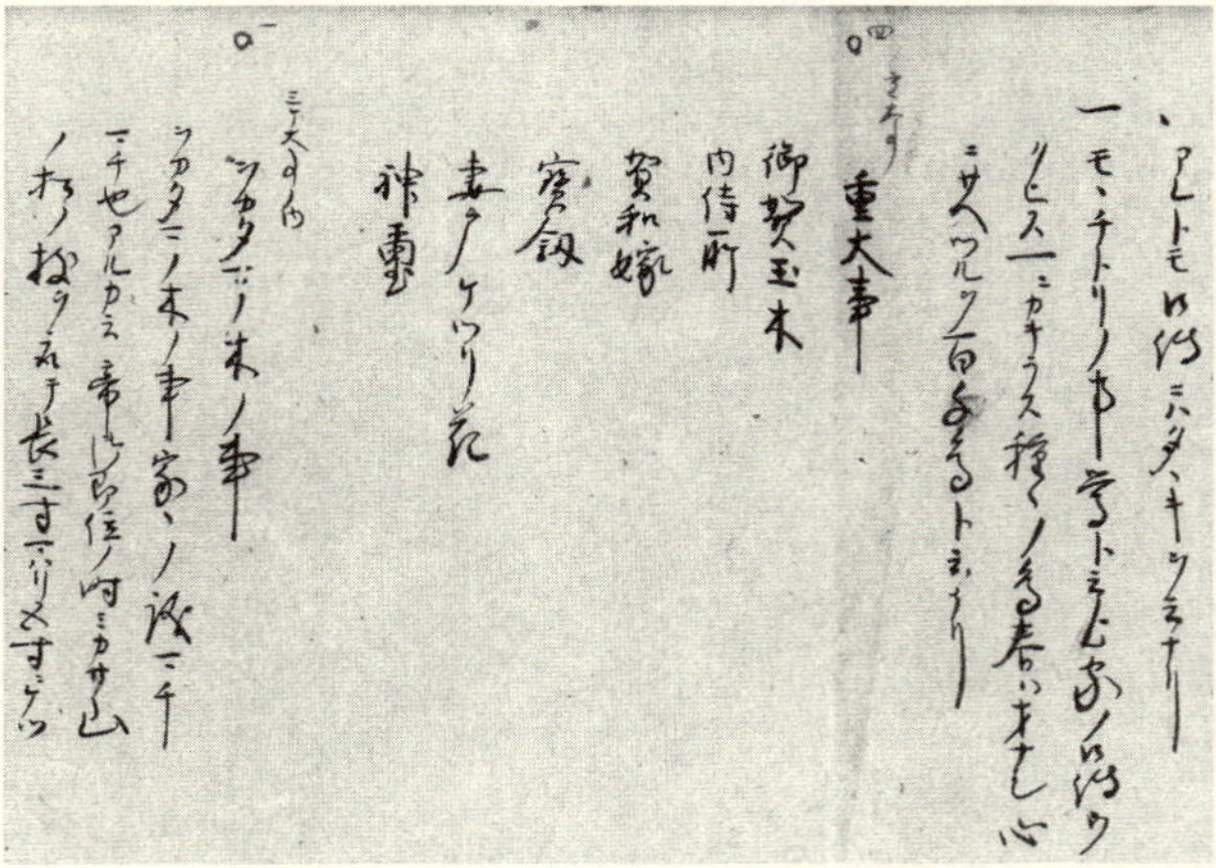
重大事
御賀玉木
内侍所
賀和嫁
宝剱
妻戸ノケツリ花
神璽
三木ノ内

図 10　「古今伝受書」(早稲田大学図書館所蔵)

に応えて切紙を授けたが、その草稿が存在しているのである(図10)。第二次大戦後、三条西家を出て早稲田大学図書館に収められた文書で、もちろん実隆の自筆である。東常縁→宗祇→三条西実隆→徳大寺実淳と伝えられたことになる。古今伝授は師説の継承を大原則とするものだから、基本的に東常縁の伝授内容と変わっていないはずである(といっても潤色は加えられている)。そこには、三木について、こうある。

重大事
御賀玉木
内侍所
賀和嫁
宝剱

妻戸ケヅリ花
神璽

なんと驚いたことに、「をがたまの木」(御賀玉木)は「内侍所《ないしどころ》」つまり八咫《やた》の鏡であり、「かはな草」(賀和嫁)は「宝剱《はうけん》」つまり草薙《くさなぎ》の剣であり、「めどにけづり花」(妻戸ケヅリ花)は「神璽《しんじ》」つまり八《や》坂瓊曲玉《さかにのまがたま》であるという。すなわち三木は、皇位の象徴である三種の神器だというのだ。それだけではない。三条西実隆は、子の公条《きんえだ》に伝え、公条はまたその子の実枝《さねき》に、という具合に、三条西家代々に古今伝授は伝わっていった。三条西家という、室町時代後期最高の古典学の家に伝わったことで、古今伝授は不動の権威を確立することになるのだが、その実枝の記した切紙が、宮内庁書陵部に伝存している。その切紙では、「内侍所」は「正直」を表し、「神璽」は「慈悲」を表し、「宝剱」は「征伐」を表すのだと述べている。治世の原理を示している、ということのようである。前章図9「古今伝授之図」(一九九頁)を見てほしい。写真が小さくてわかりにくいかもしれないが、机の上に鏡・剣・玉が置かれているのである。三種の神器は、古今伝授を象徴する存在なのであった。

枝葉末節だったはずの三木が、三種の神器と見なされ、そして治世の原理として説明される。ほとんど目まいを感じるような、飛躍に富んだ論理展開である。いや、論理とはとてもいえない。意地悪くいえば、古来諸説があり、実態のよくわからない植物（ケヅリ花は造花だろうけれど）につけこんで、不明確さを深遠さにすりかえた、究極のこじつけ、だとも疑われる。いったいこれは何だろう。しかも最奥の秘伝だから、他者の批判にさらされることもない。伝受者の胸の内一つに堅くしまい込まれるものだからである。

伝受者の胸の内に深く秘される——ここが核心なのだと思われる。三木など切紙からうかがうことができる口伝は、信仰とか、信念というような、「信」のエネルギーを供給するような言葉なのではないだろうか。和歌の道の指導者として世に出ようとする最良の弟子に、和歌はこの世界の本質につながっている、だから自信を持って邁進したまえ、と励ますようにして送り出し、弟子はその言葉を深く肝に銘ずるのではないか。

そもそも、古典に限らず、何かの教えを受け取るということは、受信であり、受動的な事柄である。これを発信する方へ、能動的な行為へと変えたいとする。この場合でいえば、古典の教えを今に生かしたり、あるいはさらに人に教えたりすることである。受信というのは、相手（この場合は古典）が主であり、自分が従となる行為である。これを自分が主になるように変えるには、いわば因果関係をひっくり返さなければならない。伝えたい真理が、自分のこれまでの体験の範囲外の事についても当てはまる、という自信や信念が必要である。でなければ、積極的にこの世の道理や真理について、発言することはできないだろう。我田引水にしか見えないような古今伝授の教えも、実はそういう発信の原動力となる信念を育てようとするものではなかったか。古典を生き直すための勇気を与える行為なのだと思われる。

いずれにしても、切紙は最終段階の教えなのだから、細かい専門的な事柄に及ぶのは当然だし、一方また、歌の指導者として世に出て行く心構えを含んだとしても、不思議ではなかろう。枝葉末節にして重大、という矛盾が見られたのも、理由のあることだったのだ。古今伝授は、長い学習と教育の過程の中で捉えられなければならない。

その後の古今伝授

さて、三条西実枝以降の古今伝授についても、ざっと見ておこう。三条西家に代々伝えられた古今伝授は、実枝から今度は、戦国武将の細川幽斎《ゆうさい》へと受け継がれる。細川幽斎は、足利将軍家、織田信長、豊臣秀吉と次々に仕えて、戦国時代から江戸時代へと移り変わる激動の時代を生き抜いた男だが、中世の古典学に関する様々な書物を集めて整備し、後世に伝えた人物としても著名である。古今伝授においても諸流派の資料を収集・整備し、智仁《としひと》親王に古今伝授を行った。折しも関ヶ原の戦いの渦中で、幽斎は伝授途中の状態のまま、居城の田辺城を石田三成の軍勢に包囲され、死を覚悟した。が、古今伝授を途切れさせてはならないという後陽成《ごようぜい》天皇の勅命によって石田軍の包囲は解かれ、一命を取りとめた。あまりにも有名な話である。

さて、後陽成天皇の弟智仁親王に受け継がれることによって、古今伝授は皇室へと入るきっかけを得た。英邁で知られる後水尾天皇がこれを伝受することにより、宗祇流の古今伝授はついに「御所《ごしょ》伝授」となって、江戸文化最高の権威をまといつつ、代々の天皇に継承されていくのである。その権威や形式に私たちは目を奪われがちになるが、そもそもは動乱の時代において古典を生きる糧としようとする営みであった。このことにもう少し注目したいと思う。

終　章――和歌を生きるということ

作者はどこにいるか

「この味がいいね」と君が言ったから七月六日はサラダ記念日

序章で述べた俵万智氏の短歌をもう一度おさらいしてみよう。そこでは、現実の作者の体験では、男性に褒められた料理はカレー味のから揚げであって、日付も七月六日ではなかったが、むしろ体験の真実性に近づけるために虚構がほどこされた、ということを確かめたのであった。つまり、現実の作者と短歌の中に表されている作者像とは、微妙に異なっていたのである。これは、和歌の作者の問題を考える重要なヒントになっていると思われる。もう一首、現代短歌から引く。

黒靴にエビ茶の靴下はきし朝「それでいいわ」と妻言ひ捨てぬ

作者は、児玉武彦さんという出版関係の人だという。私は現代短歌には不案内だけれども、この歌の情景ならば想像に難くない。ある朝の出勤時、玄関で何気なく黒い靴を履こうとしたその時になって、エビ茶色の靴下を履いていたことに気づいた。ちぐはぐさが気にかかり始めたとたんに、いいんじゃないの、それで、と妻の言葉が投げつけられる。今さら誰に見せようっていうわけ、と言わんばかりに——おそらくそんな光景が描かれているのだろう。いかにもありがちな夫婦生活の一コマで、何やら思い当たるところもあり、微苦笑を誘われる。

しかし、ここで私が一首を取り上げたのは、短歌の面白さからというよりも、この歌を紹介した文章の方に目を惹かれたからである。かつて朝日新聞の第一面に「折々のうた」という連載が長く続いていたことをご存じの方も多いだろう。詩人であり評論家でもある大岡信《まこと》氏が、詩歌の一作品もしくは一節を紹介し、簡潔に解説を添えたものであり、その後、岩波新書にまとめられた。その「折々のうた」の一九九七年九月二日の文章が右の短歌について、次のように締めくくられていた。

あまり気に染まぬ色の配合で、妻に助言の一つももらいたかったのに、その甘え気分も「それでいいわ」の一言であえなくしぼんだ。ふだんから冷たい仲だったら、こういう歌は作らない。

なるほど、と思わされたのは、「ふだんから冷たい仲だったら……」とある、この最後の一文である。短歌に描かれた内容を額面どおり受け取るならば、熟年夫婦の冷めた心を描いたものの、とも読める。しかし大岡氏は、作者の心の働かせ方がどのような日常から生まれるものか、そこへと想像を導くことで、ひょっとしたら読後にとげとげしさが残るかもしれない、そんな可能性を巧みに取り払っている。ちょっとした気持ちの行き違いをユーモラスに咎め立てするような、いわば余裕ある心のあり方から考えれば、この夫婦仲はけっして冷え切ってはいないだろう、と読むのである。つまり、作者は夫婦のすれ違いをユーモアをもって演じて見せているのだ、ということなのだろう。『サラダ記念日』の歌と同様、現実に生活を営む作者と、作品からうかがわれる作者とは、それぞれ別個に存在する。片や現実の世界に、片や言葉で描かれた虚構の世界に別々に存在してはいるのだが、また重なる部分をも持っている。その重なる部分こそ、歌を作っている作者であり、事柄を演じている作者なのであった。これは現代の短歌への評なのだが、私には和歌全体に通じる批評の仕方であるように思われてならない。ここには、和歌を考える上で、非常に重要な視点が含まれている。

現実の作者・作品の中の作者

和歌には作者がいる。当たり前のことではあるが、和歌と作者の関係をどう見定めるかということになると、いささかややこしい問題に突き当たる。ややこしいだけでなく、とても大事な問題でもある。前提に立ち戻って考えてみたい。

式子《しょくし》内親王を例に挙げよう。『新古今集』に四十九首も選入された大歌人で、『百人一首』の歌人でもある。後白河院の皇女で、賀茂の斎院も務めた。没したのが建仁元(一二〇一)年正月と明確である一方、生まれた年は長らく不明だったが、近年の一九八七年、上横手《うわよこて》雅敬《まさたか》氏によって、久安《きゅうあん》五(一一四九)年であること、つまり数え年五十三歳で没したことが明らかにされたのである。これほどの著名歌人の出生年が、二十世紀も終わるころになって判明するとは、と学界でもしばし話題となった。ただ、こうした事柄は、歌人であるかどうかとは一応切り離して考えられる、式子内親王その人の情報である。これを「現実の作者」の情報としておこう。つまり、歌人以前に、現実社会を生きる「現実の作者」がいるわけである。

さて、この式子内親王の代表作といえば、先に述べた『百人一首』の、

百首歌の中に、忍恋を　　　式子内親王

玉の緒《を》よ絶えなば絶えねながらへば忍ぶることの弱りもぞする

（新古今集・恋一・一〇三四）

命の糸よ。途切れるなら途切れよ。もし生き延びでもしたら、弱りはててこの恋を秘密にしていられないかもしれぬ。

だといわれることが多い。たしかに名歌の誉れ高い歌である。ただ、恋の歌としては、少々常軌を逸したところがないではない。呼び掛け(初句)、仮定+命令(第二句)、仮定(第三句)、懸念(第五句)と、普通の叙述がほとんどない。上から下まですべての語に何らかの情意・情動がこめられている。初句・第二句と連続して句が切れて、おまけに、恋が露見してしまうくらいなら死んだ方がましだ、などと言うのだから、よほど差し迫った恋心である。おそらく、世人に知られたら破滅を覚悟するほかない相手でもあるのだろう。ずいぶん悲劇的な状況だ——と読みうるけれども、こういう読解は、あくまで和歌を作品として独立して味わうことで生まれてくるものだ。和歌作品の中で、恋に苦しんでいると読み取られる人物を、「作品の中の作者」としておこう。物語や小説でいえば登場人物だし、あるいは「作中主体」という言葉の方がわかりやすければ、それでもかまわない。あくまで作品という舞台に登場している人物のことである。

ここで確認しておきたいのは、「現実の作者」と「作品の中の作者」は、基本的に別々の存在であることである。この歌は、現実の恋愛の渦中で詠まれた歌ではない。『新古今集』の詞書によれば、「百首歌」という、一人で百首まとめて歌を詠む催し事の中で詠まれた。残念ながら、いつどこで行われた「百首歌」だったのかは不明であるが、「忍恋(しのぶこひ・しのぶるこひ)」という題で詠まれた虚構の産物であることは確かだ。恋心を打ち明けられずに堪え忍んでいるという、架空の状況の中の出来事として味わうことが求められる。実は、この作品の中の作者は、女性ですらない。後藤祥子氏が明らかにしたように、この歌は、男の立場で詠まれたものと考えるのが自然である。先ほども述べたように、一首は「忍恋」の題での詠なのだが、「忍恋」とは恋の早い段階を指し示し、それゆえ求愛する状況なのであって、求愛といえば男性の立場で詠むのが正しい詠み方だからである。式子内親王は、恋してはならぬ女性に恋をしてしまった男、という役どころを演じて詠んだのであった。

ところが、一首はしばしば式子内親王の実人生と重ね合わせて読まれてきた。後白河院の皇女として生まれ、神に仕える賀茂の斎院を務め、生涯独身を通した彼女に、どうしてこんな情熱的な歌が歌えたのだろう、もしかしたらそういう秘めた恋をしていたのではないか、という具合にである。藤原定家・式子内親王それぞれの恋の妄執を語る能『定家』なども、その一つといってよいだろう。『定家』では、この歌が重要な役割を負っているのである。二人の恋愛など、事実かどうかはまったく不明で、仮に事実であったとしても、この歌の解釈に反映させるのが不適当なことは、「作品の中の作者」が男であること一つをとっても、明らかである。

しかしそういう読み方を誘い出すのも、やはり和歌の働きである。歌の醍醐味の一種、といえばよかろうか。つまり、「作品の中の作者」は「現実の作者」とまったく別物とは言い切れないのである。二人の作者の間には微妙な引力が働いていて、チャンスがあれば重なり合おうとする。それはそうだろう。歌は「心」を表すことは間違いないのだし、その心には、やはり真情を汲みたくなるのが人情というものである。くっついたり離れたりするその融通無碍な関係を捉えるためには、二人の作者の間を媒介するような、第三の作者に登場してもらうほかない。それが「歌を作る作者」である。

歌を作る作者

「歌を作る作者」といったからといって、何も特別なものを想像する必要はない。言葉に向き合い、取捨選択し、組み合わせて完成させてゆく人のことである。それは「現実の作者」のことではないか、と疑問に思われるだろうか。たしかに、言葉を操る主体ということでは、一面は現実に存在する作者である。しかし歌を、まさに今作りつつある最中のことを考えてみよう。作っている彼(彼女)は、もはや日常生活を行っている、日常的な人間ではないだろう。現実とは別の宇宙を持っている和歌の世界に近づこうとし、そのあげくに引き寄せられて、普段とは別の人格に変化している。和歌的世界の理想に導かれて、本書にいう、儀礼的空間の中で演技するよう求められるからである。つまり、もう半面は和歌として表現されるべき自分、「作品の中の作者」としての性格を持つのである。「歌を作る作者」は、「現実の作者」が「作品の中の作者」に転じてゆく、まさにそのターニング・ポイントに位置している。

例えば、式子内親王の「玉の緒よ」の歌では、「絶え」「ながらへ」「弱り」はすべて「玉の緒」の縁語になっている。かなり縁語を多用している歌なのである。情熱的な内容ばかりに目をくらまされていると、こういうレトリックへの評価がしにくくなってしまう。現行の注釈書でも、少々手に余るところがあるようで、この四語が縁語にもなっている、という付随的な扱いをされることが多い。だが、それでよいのだろうか。これらの縁語は、けっしてたまたま用いられているわけではない。では、縁語を駆使していることと、「情熱的な内容」とは、どう関わるのだろうか。

むしろこの場合は、縁語という手掛かりがあったからこそ、普通では突き詰められない感情まで露わにすることができたと見なすべきなのだろう。「絶え」の繰り返しはもとより、「忍ぶる」以外は全部未来の状態動作であったりするなど、この歌の言葉はたしかに尋常ではない。本来ならあざとすぎる感情の吐露だと非難されてもおかしくない。縁語のおかげで、ようやくそれらは必然性を確保している。縁語は、文字通り真珠を貫く糸(「玉の緒」)のようなもので、はじけ散ってしまいそうな言葉たちを、ようやくつなぎとめている。

例えば、自分をまるごと相手にゆだねるような、激情あふれるラブレターをいきなりもらったとする。嬉しいと思うより、困惑することの方が多いに違いない。突然そこまで言われても、逆に拒否感を抱くこともあろう。自分の気持ちばかりが先走って、肝腎の相手のことを顧慮していなかったりするからである。「玉の緒よ」の歌は違う。これらの縁語は、「作品の中の作者」の、ほとばしるような感情の一つ一つに必然性を与えている。ほら、やっぱりそうなっていく運命なのです、とでも言わんばかりに、「玉の緒」の糸が手繰り寄せられながら、訴える言葉がそこにからめ取られてゆく。すると簡単には拒否できなくなる。受け止める方もいつの間にか巻き込まれてゆく。という仕掛けになっているのである。だから「歌を作る作者」も、安らかに想像の世界に遊ぶことができる。そして、これまでにない「作品の中の作者」に変貌していく。縁語は、「歌を作る作者」が、自らを共感可能な「作品の中の作者」へと変えるための仕掛けなのである。作者を社会化するための装置といってもよい。

縁語に導かれるままに、彼女の想像力は大きく跳躍する。普通だったら、言葉がばらばらになってしまうところである。ところが彼女は、解体する直前に一つの抒情にまとめ上げた。こういう芸当は、さまざまな人間のさまざまな情念に対して、いちいち自分を当てはめてみる意思と努力がないと得られないものだろう、と思う。自分だったらこう思うだろう、ああ感じるだろうという具合に、である。こういう人は、思いやり深い反面、思い込みが激しいという側面がありそうだ。魅力はあるが、不安定であやうい。その点で『定家』に描かれる姿も不自然ではない、というべきだろうか。また式子内親王が、新古今歌人として新しい表現の試みを積極的に推進した「歌を作る作者」であったのも、なるほどとうなずける。

心を社会化する過程

「歌を作る作者」という問題は、和歌史のさまざまな局面で取り上げられてきた。最初に正面から取り扱われたのは、紀貫之の手になる『古今集』の仮名序である。

古《いにしへ》の代々《よよ》の帝、春の花の朝、秋の月の夜ごとに侍《さぶら》ふ人々を召して、事につけつつ、歌を奉らしめ給ふ。あるは花をそふとてたよりなき所にまどひ、あるは月を思ふとてしるべなき闇にたどれる心々を見給ひ、賢《さか》し愚かなりと知ろしめしけむ。

古代の代々の帝は、春の花の咲く朝や秋の月の照る夜ごとに臣下たちをお呼びになり、折々の事柄にちなんで、歌を献上させなさった。ある者は花を何かに託して表現しようとして不案内な場所をさ迷い、ある者は月を慕って手引きもない闇を手探りするようなことになる、そんな心中をご覧になって、誰が賢くて誰が愚かかをご判断なさったそうだ。

古代の天皇は、四季折々に群臣を召し、和歌を詠ませ、その折々の風物をどう表現するかで、臣下の賢さ・愚かさを判断したのだという。なぜ、和歌などで人の賢愚が判定できるというのだろう。歌のうまさと社会的な有能さなど、むしろ対極にあるような事柄ではないのか。

花や月の美しさを表現する。それはすでに個人的な感情ではない。花月に感動することそのものが、宮廷人としての資格を表すのであり、それを表現するとは、宮廷人の思いを望ましい形で代弁する行為である。だから、風物への感動の表現とは、演技されるものにほかならない。ただ感情をストレートに表せばよいというものではないのである。その場にふさわしいように、皆で共有できるように工夫する必要がある。個人的な心情を社会化すること、社会化されたものとして感情を表現することが求められる。和歌の言葉の工夫とは、自分を社会化する努力の跡であり、社会化する過程を露呈させるものなのだ。だから和歌の作り方によって、その人物の社会性が、つまり賢愚が判断できるというわけなのだろう。

月見れば千々《ちぢ》にものこそ悲しけれわが身一つの秋にはあらねど

(古今集・秋上・一九三・大江千里《ちさと》)

月を見ていると心が散り散りになるほど悲しい。私だけのための秋でもあるまいに。

について、正岡子規は、上三句はよいが、下二句は理屈であり蛇足だ、と非難した（『歌よみに与ふる書』）。歌は感情を述べるものなのに、理屈を述べるのは歌を知らないからである、と罵倒する。「わが身一つの秋と思ふ」と述べれば理屈でなかったのに、という改善案も示している。自分だけの秋だと感じるのが実感だからということなのだろう。彼は触れていないが、「千々」と「一つ」が上句と下句に対照的に配置されているのも、漢詩の対句に倣ったもので、「理屈」に加えておくべきものだろう。しかし、「私だけのための秋だとしか思えない」と自分中心に言わずに、「自分だけのための秋でもあるまいに」と言うからこそ、また「千々」と「一つ」を対照させるからこそ、自分勝手な思いの吐露ではありません、人々との共通の「心」を経由しています、という宣言になるのだろう。しかも、理屈に収まらない、自分だけの悲愁も表しうることになる。『古今集』仮名序に語られている「歌を作る作者」は、人が自らの心を社会化する過程を示していたのである。

仏道修行と和歌

もう少し時代を下ろう。中世に至ると、和歌もずいぶん仏教の影響が色濃くなる。「歌を作る作者」は、仏教者の目から捉え返されることにもなる。もっとも有名な遁世歌人の一人西行は、和歌の大事さについて、次のように語ったといわれている。

わが歌は、如来の真実の姿と変わらない。だから、私は、一首詠んでは一体の仏像を造ったと思い、一句考えることが秘密の真言を唱えることと同じだと思った。私は、和歌によって仏法を悟るところがあった。

(『栂尾明恵上人《とがのおみょうえしょうにん》伝記』)

和歌を作ることは仏像を造ることや「真言」(真理を表す呪文)を唱えることと同じで、悟りへの導きとなると言う。こうなると、「歌を作る作者」は「悟り」を得る作者のことになる。俗なる人間から、悟りを得ることまでの過程として把握されているのである。実際には西行の発言ではないことが判明しているのだが、しかしそのように信じられていたことが大切である。実際に作歌という行為は、仏道修行としてさえ把握されることがあった。そこまで言うのは特殊なケースではあるが、和歌の修練が仏道修行にも似た修業だと意味づけられることは、ごく普通に見られた。和歌は雑念を払い去り、執着を脱却し、澄んだ私心のない心を得させるものだと、繰り返し指摘された。あるいはまた、そういう澄んだ心でなければ歌は詠めない、と教えられた。述べている方向は逆だが、「歌を作る作者」が、そのような格別な心へと至る過程と重なっていることは確かであろう。中世の古今伝授で、「無心」や「虚心」が強調されていたことなどもそれに関わる(Ⅱ―第五章参照)。古今伝授も、理想的な作者となるための、「歌を作る作者」としての教育プログラム、すなわち修業なのである。

精神修養の機能

和歌は古代社会の産物である。古代社会とは貴族社会のことである。貴族が自分たちの心を表すために生み出し、完成させた詩が和歌であった。もちろん、『万葉集』を含めて。だとすれば、当然、古代社会が崩壊して、中世社会（鎌倉・室町時代）へと移行したことによって、和歌は衰亡してもおかしくなかった。担い手となる階層が力を失っていくのだから、彼らの表現手段も衰退するのが当然であったろう。しかし、和歌は滅びなかったし、縮小もしなかった。むしろ担い手となる階層を広げ、前代と比較にならぬほど大量の歌が作られた。

中世に入って和歌世界がさらに拡大した大きな要因の一つに、和歌が教育と結びつき、修業や精神修養の役割も兼ねるようになったことを挙げておきたい。文語としての日本語の精髄であり、物語など散文を含めた他の多くの文学作品、さらに演劇・美術・工芸などさまざまな文化領域ともかかわりが深い和歌は、基礎的教育科目として理想的なものと見なされた。なかでも、自分で作れるところがいい。詠むことによって、その世界に参加できるからである。例えば、『源氏物語』をふまえた和歌を作ることで、この大長編を読破し我が物としたと、誇らしげに示すことができる。もっとも実際には、ダイジェスト版が用いられることが多かったのだが。和歌を作ることによって、和歌世界のみならず「みやび」の世界に参入し参加している、という実感を得ることが可能になるのである。この和歌の参加感を、集団制作の形をとって、さらに直接的に感じ取られるものとしたのが、中世に流行した連歌である。

ともあれ、参加できる仕組みを持つことによって、和歌はすたれなかった。「作品の中の作者」はいわば理想的な人物であり、そこへ至るために、歌を作る努力を繰り返す。作ることが、修業であり、精神修養となる。それゆえ「歌を作る作者」は、理想へ至る過程として位置づけられるのである。こうして和歌は、社会的意義を新たに獲得しつつ、滅亡をまぬかれた。和歌が縁遠いものになったことが、逆にそれを目標にすることを可能にした。和歌への距離感が、憧れに転化したのである。

近世社会に移っても、修業・修養としての和歌の意義は、継承された。上野洋三氏の整理・分析によれば、中世の歌論を受け継いだ堂上《とうしょう》(貴族)の歌論でも、やはり「無心」を得るための精神の鍛錬が強調され、「まこと」(信・真・実・誠)が求められた。そしてその論理は、やがて、地下《じげ》(貴族以外)にも広まり、また俳論などにも継承されていった。蕉風俳論の「不易流行論《ふえきりゅうこう》」などがその一例だという。

近代社会に至ってついに和歌は滅び、近代短歌・現代短歌がそれに取って代わった、とされている。ここで、古典和歌と近現代短歌の関係を論じる余裕も能力もないのだが、ただ一つ言っておきたいのは、五句・三十一音の詩の形式をとり、しかも「それを作ることは精神修養につながる」という考え方は、近代以降にもしっかりと受け継がれていったことである。斎藤茂吉の「実相観入《じっそうかんにゅう》」などという言葉を読むと、とくにそう感じる。これもまた、「無心」の系譜に連なるものと言えないだろうか。

和歌を支える意志

和歌は、人の生き方という側面に関わることによって、時代を越えて生き延びてきた。断っておきたいのだが、私は、和歌が長い歴史を持っていることについて、それだけで素晴らしい文化だと胸を張るのは、早計に過ぎるだろうと思っている。「吾《あ》が仏尊し」、つまり自分の信奉するものだけが尊いという態度は、かえって和歌の底にあるものを覆い隠してしまう危険性がある。権威への盲従すら生みかねない。和歌は権威主義や事大主義とも、実に相性がよいのだ。しかし、理想を追い求めながら、なおかつ人々とともに現実を生きようとする営為と関わってきたこともまた、忘れたくないと思う。その営為に対して演技という名を与え、その意味についてあれこれ考えてきたつもりである。演技は、現実と虚構(理想)が重なり合うところに存在するからである。

和歌は、時代を越え、一貫して「無心」と深い関わりを持っていた。いったいどうしてだろうか。そもそも無心とは何なのだろうか。簡単には答えにくいことだが、少なくとも無心が、雑念を去った、集中した状態を指すことは間違いないだろう。優れた作品は、集中した心がなければ生み出しにくいし、先入観や下心を持っていると、なかなか良い作品にはならない。だが、そうした常識論だけではなく、「無心」にはもっと大事な要素が含まれているだろう。

それは、我を捨てる、ある種の敬虔さではないか。歴史に対する敬虔さである。言葉の歴史を受け継ぎ、次代へと受け渡そうとする意志が連綿と連なってきたこと、それへの敬虔なる思いであり、それに自分もまた連なろうとする意志が、無心を生むのだろう。そうした無心を核として、和歌は、演技され、生きられていた。およそ浮世離れしたみやびの世界と思われがちな和歌だが、生きることと深く結びついていたと思う。それだけではない、偶然と運命に振り回されながら生きる私たちの生そのものが、実は詩の形をしていたのではなかったか、とすら思わせないではない。さすがに、「吾が仏尊し」であろうか。

主要参考文献

数多くの先達の仕事に導かれたが、本書の性格上、遂一引用できなかったことをお詫びしたい。この一覧は、その中で文字通り主要なものである。原則として登場順に掲載し、二つ以上の章にまたがるものは、初出の章にのみ掲げた。

■第Ⅰ部

全体に関わるもの

『折口信夫全集 7』（中央公論社、一九五五）
土橋寛『古代歌謡論』（三一書房、一九六〇）
鈴木日出男『古代和歌史論』（東京大学出版会、一九九〇）
尼ヶ崎彬『日本のレトリック――演技する言葉』（筑摩書房、一九八八）
山中桂一『和歌の詩学』（大修館書店、二〇〇三）
竹岡正夫『古今和歌集全評釈 上』（右文書院、一九七六）
和歌文学会編『論集 和歌とレトリック』（笠間書院、一九八六）
稲岡耕二編、別冊国文学『万葉集事典』（学燈社、一九九四）
久富木原玲編『和歌とは何か』（有精堂出版、一九九六）
渡部泰明『中世和歌の生成』（若草書房、一九九九）

小林幸夫・品田悦一・鈴木健一・高田祐彦・錦仁・渡部泰明編『【うた】をよむ――三十一字の詩学』(三省堂、一九九七)
井手至「万葉集文学語の性格」(『万葉集研究』四、塙書房、一九七五)

序章

正岡子規『歌よみに与ふる書』(岩波書店、一九五五)
斎藤茂吉『新撰金槐集私鈔』(春陽堂、一九二六)
『小林秀雄全集 7』(新潮社、二〇〇一)
多田一臣『額田王論――万葉論集』(若草書房、二〇〇一)
俵万智『短歌をよむ』(岩波書店、一九九三)
金水敏『ヴァーチャル日本語 役割語の謎』(岩波書店、二〇〇三)

第一章

稲岡耕二『万葉集の作品と方法――口誦から記載へ』(岩波書店、一九八五)
西郷信綱『古代の声――うた・踊り・市・ことば・神話〈増補版〉』(朝日新聞社、一九九五)
橋本達雄『万葉集の作品と歌風』(笠間書院、一九九一)
廣岡義隆『上代言語動態論』(塙書房、二〇〇五)

第二章

伊藤博『萬葉集の表現と方法 下』(塙書房、一九七六)
古橋信孝『古代和歌の発生――歌の呪性と様式』(東京大学出版会、一九八八)

大浦誠士『万葉集の様式と表現——伝達可能な造形としての〈心〉』(笠間書院、二〇〇八)
萩野了子「古今和歌集の序詞」(『国語と国文学』二〇〇八・七)

第三章

秋山虔『王朝女流文学の形成』(塙書房、一九六七)
小沢正夫『古今集の世界 増補版』(塙書房、一九七六)
平野由紀子『平安和歌研究』(風間書房、二〇〇八)
高田祐彦「古今集歌の詩的変容」(『文学 隔月刊』六—三、二〇〇五・五)

第四章

森朝男『古代和歌の成立』(勉誠社、一九九三)

第五章

『藤平春男著作集 2』(笠間書院、一九九七)
錦仁『中世和歌の研究』(桜楓社、一九九一)
久保田淳『中世和歌史の研究』(明治書院、一九九三)
川平ひとし『中世和歌論』(笠間書院、二〇〇三)

■第Ⅱ部

全体に関わるもの

渡部泰明編『秘儀としての和歌——行為と場』(有精堂出版、一九九五)

浅田徹・勝原晴希・鈴木健一・花部英雄・渡部泰明編『和歌をひらく 1〜5』(岩波書店、二〇〇五〜〇六)
森正人・鈴木元編『文学史の古今和歌集』(和泉書院、二〇〇七)
小川剛生『武士はなぜ歌を詠むか——鎌倉将軍から戦国大名まで』(角川学芸出版、二〇〇八)

第一章

久保木哲夫『折の文学 平安和歌文学論』(笠間書院、二〇〇七)
藤岡忠美『平安朝和歌 読解と試論』(風間書房、二〇〇三)
高木和子『女から詠む歌——源氏物語の贈答歌』(青簡舎、二〇〇八)
多賀宗隼『慈圓の研究』(吉川弘文館、一九八〇)

第二章

中島圭一「日本の中世貨幣と国家」(歴史学研究会編『越境する貨幣』青木書店、一九九九)
萩谷朴『平安朝歌合大成 増補新訂 1〜5』(同朋舎出版、一九九五〜九六)
『和歌文学論集』編集委員会編『屏風歌と歌合』(風間書房、一九九五)

第三章

片桐洋一『古今和歌集の研究』(明治書院、一九九一)
田島智子『屏風歌の研究 論考篇』(和泉書院、二〇〇七)
伊井春樹「彰子入内料屏風絵と和歌」(島津忠夫編『和歌史の構想』和泉書院、一九九〇)
福山敏男『日本建築史の研究』(桑名文星堂、一九四三)

『久保田淳著作選集　2』（岩波書店、二〇〇四）
渡邉裕美子『最勝四天王院障子和歌全釈』（風間書房、二〇〇七）
寺島恒世「定家と後鳥羽院――「最勝四天王院障子和歌」をめぐって――」（『文学　季刊』六―四、一九九五・一〇）

第四章

白畑よし「人麿像の像容に就いて」（『美術研究』六六、一九三七・六）
山田昭全「柿本人麿影供の成立と展開――仏教と文学との接触に視点を置いて――」（『大正大学研究紀要〈文学部・仏教学部〉』五一、一九六六・三）
片野達郎『日本文芸と絵画の相関性の研究』（笠間書院、一九七五）
佐々木孝浩「六条顕季邸初度人麿影供歌会考」（『国文学研究資料館紀要』二一、一九九五・三）
同「歌会に人麿影を掛けること」（『文学　隔月刊』六―四、二〇〇五・七）
菊地仁『職能としての和歌』（若草書房、二〇〇五）
山本啓介『詠歌としての和歌　和歌会作法・字余り歌』（新典社、二〇〇九）

第五章

横井金男『古今伝授の史的研究』（臨川書店、一九八〇）
井上宗雄『中世歌壇史の研究　室町前期　改訂新版』（風間書房、一九八四）
新井栄蔵「「古秘抄　別本」の諸本とその三木三鳥の伝とについて――古今伝授史私稿――」（『和歌文学研究』三六、一九七七・三）

小高道子「東常縁の古今伝授──伝受形式の成立──」（『和歌文学研究』四四、一九八一・八）
横井金男・新井栄蔵編『古今集の世界　伝授と享受』（世界思想社、一九八六）
井上宗雄・島津忠夫編『東常縁』（和泉書院、一九九四）

終章

大岡信『新折々のうた　3』（岩波書店、一九九七）
陽明文庫編『人車記　4』（思文閣出版、一九八七）
後藤祥子「女流による男歌」（『平安文学論集』風間書房、一九九二）
和歌文学会編『論集〈題〉の和歌空間』（笠間書院、一九九二）
浅田徹『百首歌　祈りと象徴』（臨川書店、一九九九）
平野多恵「『栂尾明恵上人伝記』における西行歌話の再検討」（『国語と国文学』二〇〇〇・四）
上野洋三『元禄和歌史の基礎構築』（岩波書店、二〇〇三）
品田悦一『万葉集の発明──国民国家と文化装置としての古典』（新曜社、二〇〇一）

なお、和歌の本文および歌番号は基本的に新編国歌大観に従った。ただし『金槐和歌集』のみ、定家所伝本による新潮日本古典集成に基づいた。また、わかりやすさを考慮し、表記は適宜改めた。その他、とくに断らなかったが、それぞれ新旧の日本古典文学大系・日本古典文学全集や、新潮日本古典集成・角川文庫などの本文・注釈を参考とした。

あとがき

和歌の入門書を新書で出さないか、というお誘いをいただいたのは、もう三年前になるだろうか。ずいぶん遅延を重ねてしまった。言い訳になるけれども、決してやる気がなかったわけではない。若い人の古典離れははなはだしく、その中で和歌は苦手なものの筆頭にも挙げられてしまう。高等学校の国語教科書編纂に加わってみれば、編集部から、和歌はできるだけ少なくしてください、と懇望されるといった具合である。古典教師のはしくれとして、何とか和歌への興味を喚起したい、という思いには強いものがあったつもりである。実際に教室でも、和歌の基礎的な説明の必要性を痛感する毎日で、我流ながら教え方の試行錯誤を積み重ねてはいたから、その一端を公にしてみたい、という気持ちもあった。だから、教育という目的だけなら、もう少し早く書き上げていた、と思う。

実は少々色気を出していたのである。入門書である以上、和歌全体を語ることになる。せっかくだったら、これまであまり人が言っていないような和歌の全体像を、自分なりの言葉で示したい。和歌とは何か、思い切った仮説を提示してみようではないか。そんな身の程知らずの野心を持ってしまったのだった。和歌の研究は、戦後精密化の一途をたどり、驚くほど微細な事柄まで明らかにされてきた。本書もその恩恵に浴していることは間違いないのだけれども、逆に、長い歴史を持つ和歌を広い視野から捉えるような考察には、なかなかお目にかかれなくなってしまった。そんな大雑把なことは研究に値しない、とばかりに。しかし、見たこともない展望が開けると思うからこそ、人は険しい山にも登ろうとするのだろう。若い人が、和歌に知的好奇心を呼び覚まされないというのは、我々の責任もあるのではないか。むしろ古典離れに積極的に手を貸していたのではないか——。そんなやる気やら色気やら反省やらにまみれながら、なかなか完成に至らなかった、という次第であった。

岩波新書という場でこうした仕事ができたことにも、因縁を感じる。私の和歌入門書は、中学二年の奈良旅行の前に父親がほらと手渡した、旧赤版の斎藤茂吉著『万葉秀歌』であったからである。どれだけ理解できたかおぼつかない限りだが、歌にイノチガケであるらしい人間がいることだけは感じられた。その父親が、ある日数冊の岩波新書——これは青版だった——を示しながら、「一番大事なことを、誰にでもわかる言葉で語れる人のことを、本当の学者と呼ぶのではないのか」と語ったことがあった。町工場のやりくりに追われ、本格的な学問に触れる機会などほとんどなかった人だが、この言葉は今でも忘れずにいたいと思っている。

では本書は、といえば、到底そういう代物になっている自信はない。例えば、研究の進展著しい近世和歌について、まったく触れることができなかった。ひとえに著者の能力不足である。ただ少なくとも一番大切なことを語りたかったし、むしろそれだけを語ろうとしたことを理解していただけるならば、望外の幸せである。口はばったいけれどそれは、歌の言葉と生きることとはどうつながるのか、ということであった。

日々刺激と教示を頂戴する同僚諸氏・研究仲間・恩師を始め、「時々ついていけないが、面白い感じはする」と、批判と激励を同時に投げかけてくれる学生諸君など、謝意を表すべき方々は尽きない。編集の古川義子さんには、的確なアドバイスと無類の励ましとで、粘り強く後押し続けていただいた。心から感謝したい。あわせて、妻にも。そして、かつて演劇に目を開いてくれた、野田秀樹・高都幸男両氏ら、旧・夢の遊眠社の仲間たちに、深謝。

二〇〇九年六月

著者

主要人名索引

あ 行

赤染衛門(10C 半ば-11C 半ば)　181
飛鳥井雅章(1611-79)　199
敦道親王(981-1007)　145
厚見王(8C)　45
在原業平(825-80)　61, 67, 68, 82, 84, 85, 88, 90, 206
在原元方(9C 末-10C 初)　7-9
在原行平(818-93)　69
和泉式部(10C 末-11C 前半)　145, 181
大海人皇子(631？-686)　12
大江千里(9C 末-10C 初)　229
大岡信(1931-)　220, 221
凡河内躬恒(9C 末-10C 前半)　61, 178, 179
大津皇子(663-86)　25
大坪基清(？-1493 以降)　205
大伴黒主(平安前期)　61
大伴坂上郎女(8C 前半頃)　34, 40
大中臣能宣(921-91)　161
小野小町(9C 半ば)　61, 67, 68

か 行

快覚(11C)　117-119
柿本人麻呂(7C 半ば-8C 初)　24, 32, 34, 55, 123, 141, 192-195, 197-201
柿本人麻呂歌集　33, 45, 55
覚如(1270-1351)　198
花山院(968-1008)　181, 183
鴨長明(1155？-1216)　173
賀茂真淵(1697-1769)　70
喜撰(平安前期)　61, 171
紀貫之(？-945？)　61, 71-74, 76, 178, 180, 228
紀友則(？-905？)　61, 69, 178
京極為兼(1254-1332)　70
清原深養父(9C 末-10C 前半)　106, 107
清原元輔(908-90)　110, 111, 113
兼好(1283？-1352 以降)　153-156
皇嘉門院別当(？-1181 以降)　89-93
後白河院(1127-92)　222, 224
後鳥羽天皇(院)(1180-1239)

151, 153, 184, 185, 187, 188, 191, 197
後水尾天皇(院)(1596-1680) 199, 217
後陽成天皇(1571-1617) 216, 217

さ 行

西行(1118-90) 85, 168, 230, 231
斎藤茂吉(1882-1953) 10, 11, 234, 244
坂上是則(9C 末-10C 前半) 178
坂上望城(?-978?) 161
三条西公条(1487-1563) 214
三条西実枝(1511-79) 214, 216
三条西実隆(1455-1537) 212-214
慈円(信定)(1155-1225) 150-153, 168-171, 185, 187-189
志貴皇子(?-715?) 33
清胤(944-95?) 186
彰子(988-1074) 181, 182, 184
式子内親王(1149-1201) 222, 224, 226, 228
清少納言(10C 後半-11C 後半) 114
摂津(11C 後半-12C 前半) 173
宗祇(1421-1502) 203-205, 208, 209, 212, 213, 217
宗長(1448-1532) 208
素性(9C 後半-10C 初) 178

た 行

醍醐天皇(885-930) 177, 178
平兼盛(?-990) 161, 163, 166
平元規(?-908 以降) 80
俵万智(1962-) 14, 219
定子(976-1000) 114, 115
東常縁(1401?-84 頃) 203-206, 208, 212, 213
徳大寺実淳(1445-1533) 212, 213
智仁親王(1579-1629) 216, 217
頓阿(1289-1372) 153-156

な 行

中務(10C) 161
長忌寸意吉麻呂(?-8C 初) 95, 96, 103
二条為世(1250-1338) 153
丹生王(未詳) 44
額田王(7C 頃) 12, 13

は 行

藤原顕季(1055-1123) 193-195, 197
藤原顕輔(1090-1155) 197
藤原朝忠(910-66) 161

藤原敦光(1063-1144)　194
藤原家隆(1158-1237)　100, 109, 110, 112-114, 116-119, 126, 169, 185
藤原宇合(694？-737)　25
藤原兼房(1001-69)　192, 200
藤原清輔(1104-77)　105, 107, 197
藤原公実(1053-1107)　106, 107
藤原公任(966-1041)　175, 181-184
藤原定国(867-906)　177
藤原実頼(900-70)　163, 164
藤原俊成(1114-1204)　170, 171
藤原俊成女(1171 頃-1252 頃)　185
藤原季経(1131-1221)　197
藤原高子(842-910)　206
藤原高遠(949-1013？)　181
藤原忠平(880-949)　162
藤原定家(1162-1241)　90, 92, 95-97, 99-101, 103, 112, 120, 122-125, 126, 165, 168-171, 185-191, 224
藤原知家(1182-1258)　197
藤原直子(9C 半ば-10C 初)　206, 209
藤原斉信(967-1035)　181
藤原秀能(1184-1240)　190
藤原雅経(1170-1221)　185
藤原満子(？-937)　177
藤原道長(966-1027)　181, 182
藤原元真(10C)　161
藤原師実(1042-1101)　174
藤原保季(1172-？)　197
藤原行成(972-1027)　181
藤原良経(1169-1206)　116-118, 122, 123, 127, 167, 169
藤原良房(804-72)　115
文屋康秀(9C)　61, 112
遍照(815-90？)　61, 68
細川幽斎(1534-1610)　216

ま 行

正岡子規(1867-1902)　7, 9, 10, 70, 137, 230
源実朝(1192-1219)　9-11, 16, 70
源順(911-83)　161
源高明(914-82)　164, 167
源経信(1016-97)　174
源俊賢(960-1027)　181
源俊頼(1055-1129)　173, 174, 194
源具親(12C 後半-13C 半ば)　189
源通親(1149-1202)　197
源宗于(？-939)　72
源頼朝(1147-99)　150-153
壬生忠見(10C)　161, 163, 166

歌集・歌論ほか，主要書名索引

（名称には略称を用いたものもある）

あ 行

か 行

さ 行

た 行

な 行

は 行

ま 行

ら 行

渡部泰明

1957年 東京生まれ
東京大学大学院人文科学研究科博士課程中退.
博士(文学).
フェリス女学院大学, 上智大学, 東京大学を経て
現在 — 国文学研究資料館館長
専攻 — 和歌文学・中世文学
著書 — 『秘儀としての和歌——行為と場』(編著, 有精堂出版)
『【うた】をよむ——三十一字の詩学』(共著, 三省堂)
『中世和歌の生成』(若草書房)
『和歌をひらく 1〜5』(共編著, 岩波書店)
『古典和歌入門』(岩波ジュニア新書)
『中世和歌史論——様式と方法』(岩波書店)
『和歌史 なぜ千年を越えて続いたか』
(KADOKAWA) ほか

和歌とは何か　　岩波新書(新赤版)1198

2009年7月22日 第1刷発行
2025年9月25日 第11刷発行

著 者 渡部泰明《わたなべやすあき》

発行者 坂本政謙

発行所 株式会社 岩波書店
〒101-8002 東京都千代田区一ツ橋 2-5-5
案内 03-5210-4000 営業部 03-5210-4111
https://www.iwanami.co.jp/

新書編集部 03-5210-4054
https://www.iwanami.co.jp/sin/

印刷製本・法令印刷 カバー・半七印刷

ISBN 978-4-00-431198-0 Printed in Japan

岩波新書新赤版一〇〇〇点に際して

ひとつの時代が終わったと言われて久しい。だが、その先にいかなる時代を展望するのか、私たちはその輪郭すら描きえていない。二〇世紀から持ち越した課題の多くは、未だ解決の緒を見つけることのできないままであり、二一世紀が新たに招きよせた問題も少なくない。グローバル資本主義の浸透、憎悪の連鎖、暴力の応酬――世界は混沌として深い不安の只中にある。

現代社会においては変化が常態となり、速さと新しさに絶対的な価値が与えられた。消費社会の深化と情報技術の革命は、種々の境界を無くし、人々の生活やコミュニケーションの様式を根底から変容させてきた。ライフスタイルは多様化し、一面では個人の生き方をそれぞれが選びとる時代が始まっている。同時に、新たな格差が生まれ、様々な次元での亀裂や分断が深まっている。社会や歴史に対する意識が揺らぎ、普遍的な理念に対する根本的な懐疑や、現実を変えることへの無力感がひそかに根を張りつつある。そして生きることに誰もが困難を覚える時代が到来している。

しかし、日常生活のそれぞれの場で、自由と民主主義を獲得し実践することを通じて、私たち自身がそうした閉塞を乗り超え、希望の時代の幕開けを告げてゆくことは不可能ではあるまい。そのために、いま求められていること――それは、個と個の間で開かれた対話を積み重ねながら、人間らしく生きることの条件について一人ひとりが粘り強く思考することではないか。その営みの糧となるものが、教養に外ならないと私たちは考える。歴史とは何か、よく生きるとはいかなることか、世界そして人間はどこへ向かうべきなのか――こうした根源的な問いとの格闘が、文化と知の厚みを作り出し、個人と社会を支える基盤としての教養となった。まさにそのような教養への道案内こそ、岩波新書が創刊以来、追求してきたことである。

岩波新書は、日中戦争下の一九三八年一一月に赤版として創刊された。創刊の辞は、道義の精神に則らない日本の行動を憂慮し、批判的精神と良心的行動の欠如を戒めつつ、現代人の現代的教養を刊行の目的とする、と謳っている。以後、青版、黄版、新赤版と装いを改めながら、合計二五〇〇点余りを世に問うてきた。そして、いままた新赤版が一〇〇〇点を迎えたのを機に、人間の理性と良心への信頼を再確認し、それに裏打ちされた文化を培っていく決意を込めて、新しい装丁のもとに再出発したいと思う。一冊一冊から吹き出す新風が一人でも多くの読者の許に届くこと、そして希望ある時代への想像力を豊かにかき立てることを切に願う。

（二〇〇六年四月）